Les Avrils
Groupe Delcourt
8, rue Léon-Jouhaux
75010 Paris
lesavrils@editions-delcourt.fr

www.lesavrils.fr

Zéro virgule neuf pour cent

Plaidoyer pour ne plus jamais la fermer

Jeanne Broucq

Les Avrils

Avant-propos

En septembre 2019, j'ai reçu un mail d'une jeune femme que je ne connaissais pas. Elle me disait très simplement qu'elle avait été victime d'un viol, que l'agresseur était en prison et qu'elle avait écrit un texte sur cette histoire. Le document était joint, il s'intitulait *Récit* et quand je l'ai ouvert, j'ai découvert qu'il faisait 67 pages. C'était un long récit. J'ai sans doute soupiré.

J'ai décidé de jeter un coup d'œil à la première page, afin de vérifier si c'était tapé en corps 8 ou 24. J'ai lu 12 pages d'affilée, sans reprendre mon souffle. Cette fille était devenue mon amie, elle me racontait son histoire, on était déjà passé du rire aux larmes au rire.

Une évidence s'imposait : il fallait que tout le monde lise ce texte. Pour ce qu'elle disait et pour sa manière de le dire. C'est brut et naturel. Je sais que beaucoup de femmes se reconnaîtront dedans – et elle explique comme rarement le processus du traumatisme, le passage du « ça va, je gère » à « ça va pas du tout ».

Il raconte également quelque chose d'absolument neuf : c'est quoi un viol après #MeToo ? Comment on fait quand on est hyper-documentée sur le sujet ? Est-ce que ça change quelque chose d'avoir lu des tonnes d'articles et de témoignages ? (Clairement, ici, oui.)

Et puis, elle apporte un regard nouveau sur le sujet pour une raison simple : le viol a eu lieu en Australie. C'est donc l'occasion de comparer les systèmes français et australien.

Alors qu'on nous présente souvent les lois comme des rochers qu'on ne pourrait pas déplacer d'un millimètre, que dans les cas de viols on nous répond « parole contre parole » et « présomption d'innocence » donc « affaire classée », j'ai découvert que l'Australie envisageait les choses de manière radicalement différente. Par exemple, pendant le procès, on ne parle pas du passé de la victime, on n'évoque pas sa vie sexuelle, elle n'a même pas d'avocat ; son avocat, c'est l'avocat général. Elle évoque le crime, c'est tout. Il existe donc d'autres manières de juger les violences sexuelles, et certaines ont l'air nettement plus efficaces que les nôtres.

Ce témoignage est précieux parce qu'elle raconte ce que ça fait d'être entendue, crue et comprise par le système judiciaire et que, en même temps, elle décrit l'ambivalence des sentiments quand le coupable part en prison. L'ensemble des témoignages construit un nouveau monde. Le fait que ce livre existe désormais est un maillon de plus dans cette chaîne d'histoires capables de changer les choses.

Lisez-la.

Titiou Lecoq

Aux 99,1 %

« Cette vie, qui n'est pas toujours une autoroute. »

Pierre Palmade et Muriel Robin,
Ils se sont aimés

1

J'ai trente et un ans, je suis française et j'habite à Sydney. Je me suis fait violer le 30 mars 2018. Je suis allée chez les flics. Le mec a été arrêté. J'ai décidé de le poursuivre en justice. Il a été reconnu coupable de viol par un jury de douze personnes le 14 juin 2019, et condamné à trois années de prison (dont dix-huit mois de peine de sûreté) le 1er août de la même année.

J'ai décidé de raconter ce que j'ai vécu pour différentes raisons.

Premièrement, très égoïstement, ça me fait du bien d'écrire. De sortir cette histoire, d'une manière ou d'une autre. Je ne sais plus où j'ai lu que chacun doit réussir à transformer ses traumatismes en histoires, en souvenirs, pour être capable d'y repenser sans nécessairement en souffrir. J'ai écrit ces pages au fur et à mesure. Le récit du viol, bien avant que le procès n'ait lieu. Pour me débarrasser de cet épisode sordide. Le récit du tribunal, au cours des deux mois de break que je me suis accordés pour me remettre de ces quinze mois de larmes, d'idées noires, de colère et d'angoisse.

Mais surtout, j'écris parce que j'ai envie de témoigner. J'écris parce que j'en ai marre de lire que « seulement » (je cherche un autre mot pour dire seulement puissance 10 000, mais je ne trouve pas), « seulement » 0,9 % (*zéro virgule neuf pour cent*) des viols font l'objet d'une condamnation aux assises en France. J'écris parce que j'avais moi-même lu des témoignages de filles victimes de viol, des articles en veux-tu en voilà sur la définition d'un viol, du consentement, l'intérêt d'aller chez les flics, pourquoi c'est difficile de prouver le non-consentement et de faire condamner les agresseurs, pourquoi c'est compliqué de parler, etc.

J'avais lu tous ces témoignages et tous ces articles, non parce que je pensais que ça pouvait m'arriver, mais parce que ça m'intéressait, qu'on était en plein mouvement #MeToo (l'affaire Harvey Weinstein avait éclaté six mois plus tôt), que la parole se libérait de tous les côtés et qu'en tant que meuf, je me sentais concernée. Tout en me disant que ce genre de trucs ne pourrait jamais m'arriver. Et comme en parallèle j'avais pas grand-chose à foutre au boulot, j'en ai lu un paquet, de ces articles et de ces témoignages. Et ils ont joué un rôle décisif dans ma manière de gérer mon viol, la nuit même où c'est arrivé.

Au matin du 30 mars 2018, quand j'ai réalisé que je venais de me faire violer par une espèce de gros crevard, deux sentiments ont envahi mon cerveau. D'abord la stupeur. Pas moi. Sérieux, pas moi. Comment j'ai pu tomber dans ce piège de merde. Je chope une fois tous les 36 du mois, je ne suis vraiment pas du style à suivre le premier mec louche que je rencontre dans la rue ni à me mettre dans des situations risquées de manière générale. Comment c'est *possible* que ça me soit *arrivé*. Putain de bordel de merde, je me suis fait violer, comme toutes les meufs dont j'ai lu les témoignages il n'y a pas si longtemps que ça. Merde merde merde.

Et puis quelques secondes plus tard, cet état de stupeur a été supplanté (au moins pour quelques temps) par une lucidité et une clairvoyance dont je suis moi-même la première ébahie avec le recul. Tout était *crystal-clear* dans mon esprit, comme on dit en Australie. Mon cerveau m'envoyait des phrases très courtes mais très claires. Je me suis fait violer. Il faut que je quitte cet appartement. Il faut que j'aille chez les flics. Les mots « viol » et « police » clignotaient dans ma tête en énorme. C'était limpide. J'avais lu trop d'articles qui expliquaient noir sur blanc ce qu'était un viol. Une pénétration de quoi que ce soit, non consentie. J'avais lu trop de témoignages de nanas qui ne vont pas chez les flics dans la foulée, ou qui n'y vont pas tout court, et qui en chient ensuite (celles qui y vont en chient aussi, c'est pas un concours, mais à mon sens, c'est quand même soulageant de balancer son histoire avant qu'elle ne pourrisse en toi). J'avais lu trop d'articles qui expliquaient comme c'est essentiel d'aller au commissariat le plus vite possible, n'attendez pas, allez-y direct, ne vous douchez pas. Je me suis laissé porter par ce que mon cerveau m'ordonnait de faire. J'y suis allée. J'ai tout raconté.

Ça m'a fait du bien.

Ça m'a fait du bien de vomir cette histoire, ça m'a fait du bien d'avoir des flics à l'écoute à 4 heures du matin, ça m'a fait du bien de me laisser porter du commissariat à l'hosto, ça m'a fait du bien de voir une médecin, ça m'a fait du bien d'être auscultée, ça m'a fait du bien, grosso modo, de suivre un *process* et de me laisser guider, ça m'a fait du bien de recevoir un coup de fil le lendemain qui me prévenait que le mec avait été arrêté, ça m'a fait du bien de dire : « Oui, je porte plainte. »

Je ne dis pas que la suite a été un long fleuve tranquille. Mais parfois je pense au carnage que ça aurait été si j'étais rentrée directement me coucher, de me réveiller le lendemain matin chez moi, toute seule, avec une boule monstrueuse dans le ventre. Je pense à toutes les personnes à qui ça a dû arriver, et à toutes celles à qui ça arrivera. Et je me dis qu'en allant directement porter plainte, j'ai quand même plus ou moins limité la casse en termes de dégâts psychologiques. Et que si mon histoire permet à ne serait-ce qu'une personne, à l'avenir, d'avoir le courage d'aller dénoncer le connard (ou la connasse) qui vient de l'agresser, et par là même d'amorcer le premier pas de sa reconstruction, ce sera déjà ça de gagné.

La dernière raison pour laquelle j'ai décidé de raconter mon histoire, c'est que malgré le mouvement de libération progressive de la parole des personnes victimes d'agressions sexuelles, ce genre de crimes reste tabou. Moi-même, après être allée chez les flics, avoir porté plainte, témoigné au tribunal, après que mon agresseur a finalement été reconnu coupable de viol, je me censure relativement souvent. Sans doute parce que je refuse que l'on porte sur moi le regard que la société en général pose sur les victimes de viol. Un regard qui juge, un regard qui a pitié. Par conséquent, une partie de mes proches et de ma famille sont au courant. D'autres, non. C'est pas comme si je m'étais fait une rupture des ligaments croisés ou que je m'étais ramassée en trottinette, c'est un peu plus compliqué à gérer socialement.

Le fait que le viol soit tabou et qu'on n'en parle pas (ou pas complètement) librement, c'est tout simplement douloureux. C'est douloureux parce qu'on est plus ou moins obligé de dresser des barrières invisibles entre les gens et soi-même. Si j'ai une discussion avec quelqu'un qui n'est pas au courant de ce que j'ai vécu au matin du 30 mars 2018, c'est con mais j'ai l'impression de lui mentir par omission. Je sais très bien que le mec ou la nana en face ne peut pas comprendre qui je suis aujourd'hui s'il lui manque cet élément. Ça a été un bouleversement tellement violent que pour le moment il fait toujours partie de moi. Et évidemment, c'est dans les moments où je censure délibérément cette histoire, par exemple avec des gens que je connais peu, qu'elle se remet à crépiter dans ma tête. Comme si quelqu'un avait soufflé sur des braises. C'est un peu la double peine. Non seulement c'est la galère de se reconstruire, mais en plus tu risques de te faire juger si t'en parles. Ça commence à faire beaucoup.

Je n'ai pas l'ambition de briser entièrement le tabou du viol en écrivant mon histoire. D'ailleurs, je témoigne de manière anonyme. Je ne suis pas prête à donner mon vrai nom, je veux clore ce chapitre et passer au suivant. J'ai simplement envie de témoigner, d'apporter ma pierre à l'édifice, de contribuer à un changement progressif des mentalités, de montrer que oui, cette merde peut arriver à tout le monde, que c'est (difficile mais) possible de poursuivre son violeur en justice, qu'on s'en remet et qu'on a le droit, voire le devoir, d'en parler, pour qu'un jour peut-être, dans cinq, dix, vingt ou cinquante ans, les femmes et les hommes victimes de viol puissent en parler librement à leur tour, sans crainte d'être jugés par la société, mais au contraire soutenus et accompagnés.

C'est pour toutes ces raisons que j'ai décidé de vous raconter mon histoire.

2

« En France, 0,9 % des viols ou tentatives de viols font l'objet d'une condamnation aux assises. » Ce chiffre que j'avais lu dans je ne sais plus quel article et qui m'avait interloquée. Ce chiffre qui me hantait tous les jours en attendant le procès. Ce chiffre qui traduit à lui tout seul le désarroi et la solitude des victimes, mais aussi l'incompétence, le manque de moyens et l'impuissance de la justice au sens large.

Ce chiffre qui m'est apparu comme une évidence au moment de baptiser le récit qui va suivre, tellement il est assommant de vérité : *tout* reste à faire.

Ce chiffre dont il s'agit maintenant de retrouver les données qui ont permis son calcul, puisque me voici à deux doigts d'envoyer le texte final à mes éditrices. Et des chiffres sans source, ça fait désordre. Surtout quand ils sont dans le titre. Surtout quand ils *sont* le titre.

Le problème, c'est que je ne trouve pas ladite source. Non mais quel scandale, la nana écrit un bouquin dont le titre est « 0,9 % », et ce pourcentage ne correspond à rien, c'est quoi cette blague ?

Soucieuse de ne pas colporter une *fake news*, je me suis penchée sur les « vrais » chiffres.

D'après le rapport d'enquête *Cadre de vie et sécurité 2019* (*CVS*)[1], 112 000 personnes majeures (dont 94 000 femmes et 18 000 hommes) ont déclaré avoir été victimes de viols et/ou de tentatives de viol pendant l'année 2018. Parmi ces victimes, 17 % (soit 19 030 personnes) ont déposé plainte.

Ce chiffre de 112 000 est calculé à partir d'une moyenne établie sur les années 2011 à 2018. L'enquête *CVS* est une étude de victimisation et repose donc sur les déclarations des personnes. Un échantillon de 20 000 à 25 000 ménages « ordinaires » est interrogé et déclare (ou non) avoir été victime de viol ou de tentative de viol. Après pondération du nombre de victimes, le nombre de viols et tentatives de viol est *estimé* à 112 000.

D'après le bilan statistique *Insécurité et Délinquance* publié par le Service statistique ministériel de la sécurité

1. Rapport de l'enquête *Cadre de vie et sécurité 2019*, conduite chaque année par l'Institut national de la statistique et des études économiques (Insee), en partenariat avec l'Observatoire national de la délinquance et des réponses pénales (ONDRP) et avec le Service statistique ministériel de la sécurité intérieure (SSMSI).

intérieure (SSMSI)[1], en 2018, 18 800 personnes ont été enregistrées comme victimes de viols par la police et la gendarmerie en France métropolitaine, dont 88 % de femmes. Ces enregistrements correspondent aux plaintes déposées pour viol[2].

On recoupe à peu de choses près ce nombre de 18 800 personnes ayant enregistré une plainte (source SSMSI, donnée « factuelle ») avec les 19 030 victimes « estimées » ayant déposé plainte (source enquête *CVS*, donnée « déclarative »).

Enfin, d'après le ministère de la Justice, en 2018, 1 269 infractions de viol ont été sanctionnées[3].

Si on récapitule, en 2018 : 112 000 viols et tentatives de viol. 18 800 plaintes. 1 269 condamnations. Ce qui signifierait que 17 % des victimes portent plainte et que, parmi ces plaintes, moins de 7 % déboucheraient sur une condamnation aux assises.

Ce qui signifierait également, si l'on élargit nos calculs, que 1,1 % des viols et tentatives de viol donne lieu à une condamnation.

Je sais que cette démonstration brillante de mathématiques poussées fera grincer des dents les pontes et autres

1. *Insécurité et Délinquance en 2018 : premier bilan statistique,* janvier 2019, SSMSI.

2. « Combien y a-t-il de viols chaque année ? Combien de plaintes ? Combien de condamnations ? », CheckNews, libération.fr, 2019.

3. « Les condamnations en 2018 », ministère de la Justice.

docteurs ès travaux statistiques. En effet, il est quelque peu hasardeux de comparer des données factuelles (le nombre de plaintes et de condamnations) à des données estimées (le nombre de viols et/ou tentatives de viol). De plus, les 1 269 condamnations pour viol recouvrent les viols sur mineurs et majeurs, alors que le chiffre de 112 000 comprend uniquement les personnes entre dix-huit et soixante-quinze ans (ce qui voudrait dire que notre 1,1 % tomberait mécaniquement encore un peu plus bas). En outre, je ne comptabilise pas ici les condamnations prononcées devant le tribunal correctionnel, c'est-à-dire lorsque le viol est correctionnalisé, et par conséquent jugé comme un délit et non comme un crime. Enfin, en termes de temporalité, on ne devrait pas comparer les plaintes de 2018 avec les condamnations de la même année, car il est hautement improbable que le procès ait lieu moins d'un an après le dépôt de plainte.

Comme je n'ai pas vocation à devenir chercheuse au CNRS, je me contenterai de cette méthodologie mal dégrossie et de l'écart minime entre le 1,1 % qu'elle me donne et mon 0,9 % initial.

Enfin, un écart « minime » – ça fait tout de même 261 condamnations en plus. Mais je m'en fous des 261 condamnations. Je pense aux 261 victimes qui verront leur violeur reconnu coupable. Je pense à leur soulagement, au rôle que cette condamnation va jouer dans leur reconstruction, à la force qu'elle va leur insuffler, après des mois de colère, de larmes, d'anxiété. Ça me donne le vertige, de me dire qu'un écart relatif, aussi infime en chiffres, peut être aussi puissant dans la réalité.

Je disais donc. Mon livre s'appelle *0,9 %*. Mais si vous préférez, vous pouvez aussi l'appeler *1,1 %*.

3

29 mars 2018

C'est l'histoire d'une chope, mais le *walk of shame* du lendemain s'est avéré un peu plus douloureux et compliqué que ce que j'imaginais au départ.

C'est l'histoire d'un jeudi soir, veille du long week-end de Pâques à Sydney. Il fait beau, il fait chaud, j'ai bossé à la maison toute la journée, j'ai calé mes *calls* et mes tableaux Excel entre un bain de mer, un *run* et quelques cafés et parties de Monopoly Deal avec ma copine Coco. C'est jeudi soir, le vendredi est férié, j'ai de (très) bons potes de passage à Sydney, et ça, c'est pas tous les jours. Je les rejoins avec d'autres amis chez Tio's, un bar trop cool où on a du pop-corn gratos dès qu'on commande des bières ou des margaritas. On est une petite dizaine, les discussions vont gaiement et les sujets de rigolade ne manquent pas, notamment avec les potes qui reviennent d'un voyage de noces prolongé de quelques mois. Bref, une soirée on ne peut plus ordinaire et sympathique : des bons copains, des bières et du pop-corn, que demande le peuple ?

Le bar ferme à minuit, et on décide d'aller danser à la Soda Factory, une boîte un peu marrante avec plein de musique commerciale où ça swingue pas mal. Déperdition légère mais raisonnable, la copine enceinte et son mari rentrent se coucher, mon pote de passage est en tongs donc il se fait refouler, moi je rentre *in extremis* parce que le videur trouve que mon short en jean et mes Puma, c'est limite, je négocie en rigolant et boum ! Champagne, j'ai le droit de rentrer dans la Soda Factory, un gros bisou à ceux qui partent, on se retrouve demain les copains, et je me dirige vers le bar où je rejoins mes deux comparses de teuf, Pierre et Paul. Yeah, baby.

Clairement, j'ai déjà quelques pintes et autres margaritas à mon actif, mais tout est très clair dans mon esprit, je n'ai aucun black-out, je me souviens de tout, très bien. Je me souviens du jeu de la carte bleue, mon jeu préféré en soirée : on est x copains, on commande x verres, on donne nos x cartes bleues, et le serveur tire au sort la carte qui va servir à payer. J'adore ce jeu, j'y joue tout le temps, c'est fantastique, ça fait marrer tout le monde, même après plusieurs années de pratique. Bref, on joue, je gagne ! (Enfin, je perds du coup, ça dépend du point de vue.) On prend nos whisky-Coca et on continue de rigoler, de danser, de délirer, et somme toute de kiffer la soirée.

Donc je suis au milieu de la Soda, Pierre à ma gauche et Paul à ma droite, et là, je vois un mec apparaître devant moi. Le premier truc qui me marque c'est qu'il a un smile jusqu'aux oreilles et le regard qui pétille. Il me fonce dessus, on commence à discuter et très rapidement à bien rigoler. Je me souviens de tout ce qu'il m'a raconté, il s'appelle Luis, il a le même âge que moi, trente ans, il est arrivé à Sydney en janvier, il bosse dans un fonds d'investissement ou un truc du genre en finance, il fait des études en parallèle, et il habite à Bondi Beach, comme moi. On sort fumer des clopes, on discute on revient on danse on discute on fume des clopes on danse, et à un moment, on s'embrasse. Et je me dis, trop marrant, il a l'air vraiment ultra-sympa, je suis bien contente d'être tombée sur lui.

Et puis on décide de rentrer et, comme on habite dans le même quartier, on se dit *let's go* on va prendre un Uber ensemble. Nickel. On arrive chez lui, il récupère les clés de son appart dans une boîte à clés avec un cadenas, je me souviens que ça me fait marrer, et on monte dans son appart, un appart plutôt cool avec un grand balcon. Je me pose dessus et reconnais la rue, j'habitais juste en face quelques années plus tôt.

On continue à s'embrasser, à boire un peu d'eau, à discuter, à rigoler, à se faire des câlins, et de fil en aiguille on se retrouve dans son lit. On couche ensemble, et je me souviens de m'être fait la réflexion qu'il est vraiment très chou, toujours avec ses yeux super pétillants et son sourire jusqu'aux oreilles, et qu'il me fait plein de bisous. Je me souviens qu'ensuite on a continué à se raconter nos vies, qu'on parlait de kite et de moto, et de mes vacances à Mexico de Noël dernier, que j'étais allée dans une teuf électro dans un bar qui s'appelle Le Normandy, et qu'il connaissait cet endroit. Je me souviens qu'il prend mon numéro et qu'il m'envoie un WhatsApp pour que j'aie le sien (ce qui n'a aucun sens quand on connaît la suite de l'histoire). Je me souviens qu'il regarde ma photo de profil, où je suis sur une grosse moto, et qu'il me dit que c'est trop marrant parce que lui aussi il en a une, et je lui dis non mais sur la photo c'est pas ma moto à moi, hein ! Je me souviens que je me dis, putain je sais pas ce que ça va donner cette histoire, mais ce mec est trop cool, j'ai un bon *feeling*, et en plus comme c'est Pâques, c'est férié pendant quatre jours donc ce serait trop chouette qu'on se revoie pour bruncher, aller à la plage, se balader en scooter ou boire des bières. Je me souviens que je me dis putain j'ai passé une bête de soirée. Je me souviens que Luis me prend dans ses bras, et que je me blottis contre lui, ravie de cette teuf et de l'avoir rencontré.

Je m'endors direct. De manière générale, je n'ai aucun mal à m'endormir, et là, après ces folles aventures, je sombre vraiment en deux secondes. Je me réveille un peu plus tard, je ne saurais pas dire exactement combien de temps plus tard, mais après avoir tout reconstitué je dirais environ une heure.

Quand je me réveille, le premier truc que je constate, c'est que je suis de nouveau en train de faire l'amour. Donc déjà, c'est chelou, il aurait pu me réveiller avant de recommencer. Et puis je commence à me dire, putain mais c'est *vraiment* chelou, il y a un truc bizarre. Je réalise que le truc bizarre, c'est que je ne reconnais rien et que tout me paraît très différent. J'ai l'impression de ne pas reconnaître les cheveux de Luis. Je ne comprends pas pourquoi il tourne la tête sur le côté alors qu'avant il me regardait avec ses yeux qui pétillaient et me faisait des bisous avec son giga smile.

Quand je lui parle en mode *what's going on*, il me répond vite fait, mais je ne reconnais pas sa voix. Je prends progressivement conscience que, peut-être, ce n'est tout simplement *pas* Luis, mais je cherche inconsciemment un détail concret, n'importe quoi qui me donne le déclic et permette à mon cerveau de totalement se réveiller. Je pose mes mains sur ses épaules. Je pousse un cri. Ses putains d'épaules sont poilues. Je suis *sûre* que celles de Luis n'avaient pas de poils, je l'aurais noté direct. Je hurle. « *WHO ARE YOU ?!* » Je le *kick*. Je le dégage. Le mec se lève du lit et court vers la porte. Le mec s'enfuit, quoi. Et bah alors gros tocard ? On dit pas au revoir ?

Je reste interdite sur le lit. En mode oh putain, que vient-il de se passer. Je reprends mes esprits quelques secondes, les premières secondes du reste de ma vie, même si je ne le réalise pas encore à ce moment-là. Je me lève. Je me dirige vers la porte. Je l'entrouvre et je vois deux mecs, de même corpulence, bruns, tous les deux en caleçon. Il y en a un de dos et un qui regarde dans ma direction. Je crie « *Are you kidding me ?!* » d'une voix que j'ai du mal à reconnaître. Je referme la porte. Il faut que je me tire. Je récupère mes affaires. Je suis tellement en panique que je suis incapable de retrouver ma culotte. On fera sans, j'enfile mon short et mon tee-shirt. Luis rentre dans la chambre.

« Bah qu'est-ce que tu fais ?

– Je me casse, t'es qu'un enculé, je me casse !

– Bah pourquoi ?

– Arrête de me prendre pour une débile, je me casse parce que je sais très bien que c'était pas toi dans le pieu avec moi il y trois minutes.

– Mais quoi ? Mais pourquoi tu dis ça ?

– Ferme-la, je sais très bien, c'était pas toi, et je vais chez les flics MAINTENANT ! »

Le mec me laisse sortir de l'appart et me suit dans les escaliers, en continuant de dire qu'il ne comprend pas, que je suis folle. Je le coupe : « Ah merde j'ai oublié de checker le numéro de l'appart, il faudra que je le donne aux flics, attends deux secondes, je remonte. »

Je remonte. Il me laisse faire. Il me suit. (C'est lunaire.) Je regarde la *unit*, *unit 3*, OK c'est bon j'ai l'info que je cherchais, on peut redescendre ! Il continue de me suivre dans la rue en me disant qu'il ne comprend pas. Ah ouais tu comprends pas, gros fils de pute ? Il joue tellement bien son rôle de mec qui ne pige rien et qui n'a rien à se reprocher qu'il commence à me faire douter, je me dis mais putain c'est moi qui suis folle, j'ai rêvé ce qu'il vient de se passer ou quoi ? Du coup, je m'arrête, je me tourne vers lui et je lui dis, attends, je vérifie juste un truc. Je lui demande de s'approcher et pose mes mains sur ses épaules. Des épaules toutes douces. Je regarde bien droit dans ses yeux qui pétillent un peu moins qu'avant, et je l'insulte, mais je me souviens plus des insultes ; c'est relou d'insulter les gens en anglais, mon répertoire est vachement moins vaste.

Bref. Je suis sûre de moi à 400 %. Je continue mon chemin. Luis finit par arrêter de me suivre.

Là où j'ai beaucoup de chance, c'est que le commissariat est littéralement sur la route pour rentrer chez moi. Quand je raconte mon histoire, tout le monde est en mode putain meuf t'as été tellement solide d'aller chez les keufs direct. Oui j'ai été solide. Mais si le mec avait habité ailleurs, s'il avait fallu que je chope un Uber, si j'avais été dans un quartier que je ne connaissais pas…, je ne suis pas sûre que j'aurais eu la force de me motiver. Tu te retrouves dans un taxi, tout redescend, je pense que t'as juste envie de rentrer chez toi et de te doucher. Après, si le mec n'avait pas habité à Bondi, pas sûr que je serais rentrée avec lui *anyway*. Bref, parenthèse refermée, je marche vers le commissariat, et là je commence à pleurer. Il est 3 ou 4 heures du matin, toutes mes copines dorment, mais je me souviens que Gabbi est à Bali et qu'avec le décalage horaire il y a des chances qu'elle décroche. Je l'appelle, pas de réponse, je lui envoie un message pour lui raconter ce qui vient de se passer, et mon téléphone sonne quelques instants plus tard. Je ne me rappelle plus si j'ai le temps de lui répondre ou si je suis déjà occupée au poste.

Lorsque j'arrive au commissariat, un flic m'accueille et me demande ce que je veux. « Je me suis fait violer, est-ce que je peux parler à une flic meuf ? » Il acquiesce. Il revient deux minutes après : « Je suis désolé, pour le moment il n'y a pas de fille. Mais si tu veux tu peux commencer à me raconter. » D'un coup, le mélange de timidité et de pudeur qui m'avait fait réclamer une nana s'évanouit. Je sors cash : « En fait je m'en fous, je m'en contre-cale, fille ou mec, c'est la même histoire, donc très bien, allons-y. »

Il me fait entrer dans une petite salle. Je lui raconte toute ma soirée. Le Tio's, la Soda, combien de verres, Luis, le giga smile, les yeux qui pétillent, les bières, la musique, et puis bien sûr le pieu, le sexe, la couleur de ma culotte et tout ce qui fait que cette soirée tout ce qu'il y a de plus chouette s'est transformée en un truc, une merde, tout ce qu'il y a de plus sordide, un viol j'ai presque envie de vous dire, puisqu'on dit que c'est bien d'appeler un chat un chat et de poser les putains de mots même si personne n'a envie ni de les entendre, ni de les dire, moi je les hurle et je les écris en majuscules police 58.

« *Sorry I am going to be crude. (Go for it,* mon pote, maintenant que je suis là, hein, on va pas faire les mijaurées.) *Was his penis in your vagina ?* (Ah bah ouais ça, je peux te le garantir mon grand.)

– *Yes.* »

Juste avant de commencer à raconter mon histoire au flic, alors que j'attendais dans une petite salle, j'ai reçu un WhatsApp de Luis.

Jeanne I didn't understand what you were saying. Hope to see you soon. I had a great night.

Je lui réponds : *i* (sic) *know it wasn't you the last time. Then i* (sic) *opened the door and saw two guys. I perfectly knownot* (sic) *was not you.*

Il m'écrit : *I don't understand. My friends were just arriving when I went to the bathroom. I don't know where you got the idea that it wasn't me.* (J'avoue, moi non plus, je comprends pas d'où ça me vient cette drôle d'idée, c'est fou ça, hein, d'avoir autant d'imagination.) *I hope to see you soon and have a great night*[1]. Ouiiiiii c'est ça, on s'appelle on se fait une bouffe ! Mais CARRÉMENT. Enculé.

Bon quand j'ai reçu ce message, j'étais tellement déboussolée et j'en revenais tellement pas moi-même d'être au commissariat, qu'il y a un moment où j'ai pensé, putain mais si ça se trouve Luis me dit la vérité, je me suis gourée, casse-toi, le flic est parti chercher un truc, sors de cette salle, sors du commissariat, rentre chez toi, prends une douche, fous-toi sous ta couette et dors.

Et là je me suis souvenue des poils sur les épaules, je me suis souvenue que le mec tournait la tête, je me suis souvenue qu'il est parti du lit en courant, je me suis souvenue que comme par hasard, il y avait deux gars en caleçon quand j'ai ouvert la porte. Je me suis souvenue que c'était des gros bâtards et qu'ils m'avaient violée. (Enfin techniquement, c'est juste le deuxième qui m'a violée, vu qu'avec Luis j'étais complètement d'accord. Mais quand t'envoies un de tes potes – et

1. « Jeanne, je n'ai pas compris ce que tu disais. J'espère te voir bientôt. J'ai passé une chouette soirée.
– Je sais que c'était pas toi la dernière fois. J'ai ouvert la porte et vu deux mecs. Je sais très bien que ça n'était pas toi.
– Je ne comprends pas. Mes potes venaient d'arriver quand je suis allé dans la salle de bains. Je ne sais pas d'où te vient cette idée que ça n'était pas moi.
– J'espère te revoir bientôt, passe une bonne nuit. »

dans ce cas-là, je le découvrirai par la suite, ton propre frère, c'est beau la famille – baiser la nana avec qui tu viens de coucher, en mode vas-y c'est *open bar* elle dort comme un bébé, alors OK techniquement tu m'as pas violée mais t'es quand même la pire des ordures, tu m'as tendu un piège, tu m'as prise pour un objet, t'es complice à 1 000 %.) Bref. Je me suis souvenue que j'avais toutes les raisons du monde d'être chez les flics en pleine nuit. Je me suis reprise. Je suis restée assise sur ma chaise au commissariat. Je vais les éclater. Je ne sais pas s'ils en sont à leur coup d'essai. Mais alors ils savent pas sur qui ils sont tombés. Reposez-vous bien cette nuit les deux merdeux, parce que ça va chier mais alors comme jamais. J'espère au moins que vous avez pris votre pied en me baisant, parce que je vous le promets, je vous le garantis, ce sera la baise la plus chère de votre vie.

Les heures suivantes, je me suis vue raconter toute l'histoire, en long en large en travers, une dizaine de fois, au commissariat avec les flics, à l'hosto avec une femme médecin et une assistante sociale, puis de nouveau au commissariat avec un *detective*, c'est-à-dire un inspecteur de police.

Je ne peux que saluer le professionnalisme et l'empathie de toutes les personnes qui se sont occupées de moi cette nuit-là. L'ironie veut qu'en bonne Française débarquée à Sydney quelques années auparavant, j'ai mis un certain temps à m'adapter à la non-flexibilité des flics et des lois australiennes sur certains sujets. Ton scooter est garé dix centimètres en dehors de la ligne du parking ? Ça fera 250 dollars d'amende. Tu n'as pas ton permis avec toi ? C'est 100 dollars. Tu traverses quand le petit bonhomme est rouge ? 90 *dols*. Tu n'as pas ta carte d'identité pour rentrer dans un bar ? Tu ne rentres pas, même si tous tes potes rentrent et que c'est marqué sur leurs papiers qu'ils ont trente ans bien tapés (et que, bon, ce serait prendre peu de risques que de supposer que tu aies toi-même plus de dix-huit ans). Ici quand t'es hors la loi (et je prends l'expression « hors la loi » au sens vraiment très large), on te met une amende quatre à cinq fois supérieure à celle que t'aurais eue en France, et c'est strictement impossible de négocier quoi que ce soit.

Eh bien, en une nuit, je me suis réconciliée avec la totalité des flics d'Australie. Ils étaient d'une gentillesse, d'une écoute et d'une empathie rares. Ils m'ont tous dit : « *I am so sorry to hear what happened to you.* » Ils m'apportaient de l'eau, des mouchoirs. Ils étaient hyper-pros et savaient par exemple que je ne devais pas aller aux toilettes, parce que ça aurait pu enlever des traces ADN et fausser les résultats. (Sur ce point, détail technique, je sais maintenant qu'en fait tu peux aller aux toilettes en attendant l'examen de prélèvement d'ADN, il faut juste ne pas s'essuyer pour ne pas effacer les traces – j'espère que ça ne vous arrivera pas, mais dans le doute vous êtes prévenus).

Ils m'ont emmenée à l'hôpital après avoir fait un crochet par chez moi pour que je récupère des fringues, parce qu'ils savaient que les habits que je portais seraient pris par la police scientifique. Arrivée à l'hosto (très bonne expérience d'arriver aux urgences escortée par deux flics, on s'occupe de vous immédiatement), la standardiste me passe quelqu'un au téléphone : « Bonjour, je m'appelle Micheline, je suis sur la route pour venir m'occuper de toi, peux-tu m'expliquer en trois phrases ce qui s'est passé ? » Je lui explique : « Je me suis endormie dans les bras d'un mec, je me réveille dans les bras d'un autre. » Elle me dit : « OK, ne t'inquiète pas, j'arrive d'ici vingt-cinq minutes, je suis l'assistante sociale, et je serai avec toi pendant toutes les analyses médicales. » Je remercie et je rends le combiné à la standardiste, qui a entendu la conversation. Elle me regarde : « *I am really sorry for what happened.* » Et ça peut paraître bidon, mais tous les gens qui ont prononcé cette phrase cette nuit-là avaient quand même l'air de vraiment y croire, qu'ils étaient *sorry*, que c'était vraiment pas cool. Et ça m'apaisait un peu.

L'assistante sociale arrive, la femme médecin arrive, je commence à me sentir sacrément mal, j'ai grosso modo pas dormi, je commence à avoir la nausée et du coup je bâille tout le temps. Micheline l'assistante sociale m'apporte un Coca et un yaourt pour pas que je tombe dans les pommes. La femme médecin me demande de re-raconter l'histoire (et elle aussi à la fin elle est *really sorry*), m'examine, fait les prélèvements ADN et rédige son rapport. Quand tout est fini, je retrouve mes copains les flics – des nouveaux flics, ceux de nuit sont partis. Il fait grand jour. Vendredi saint. Le temps est bon, le ciel est bleu…

Ils me conduisent dans un autre commissariat. Dans la voiture je commence à me sentir franchement mal. Je les préviens que je peux sauter de la voiture à tout moment pour vomir. Ils discutent avec moi. On parle de ce qui m'est arrivé, et aussi un peu de kitesurf, de pourquoi je suis venue habiter à Sydney. Du *small talk*, mais tu sens qu'ils ont envie de me changer les idées. On arrive, ça y est je suis malade comme un chien. L'alcool qui redescend, le dégoût qui remonte dans la gorge, le choc, je les vomis ces deux enculés, dans tous les sens du terme.

Maintenant, c'est Ben qui s'occupe de moi, et lui aussi est hyper-sympa. Grand, blond, le cliché du surfeur australien. Mon âge, peut-être un peu plus. Il est *detective*, carrément. Je rerererererereRE-raconte l'histoire. Je lui dis que quand je suis partie j'étais en méga stress et que je n'ai pas eu le temps de retrouver ma culotte dans la chambre, du coup il me demande de quelle couleur elle est, c'est sympa comme *icebreaker*, et ça fera une preuve en plus.

Il voit bien que j'ai encore envie de vomir et que vraiment je commence à m'écrouler. Il me dit : « On te raccompagne chez toi, tu dors, et je t'appelle cet aprèm pour que t'ailles faire ta déposition. » Deal. Ils me déposent. Je continue à dégueuler tout ce que je peux, mon dégoût, ma colère et ma stupéfaction.

Mon portable n'avait plus de batterie et s'était éteint un peu après mon arrivée au premier commissariat. Comme elle n'arrivait plus à me joindre, Gabbi avait prévenu ma copine Coco, qui m'a appelée au moment même où je branchais mon téléphone. Elle a débarqué direct pour s'occuper de moi. J'en reparlerai un peu plus tard, mais putain quand il t'arrive une merde comme ça, tes potes, tu les savoures. Je dis pas que je les savourais pas déjà avant. Mais là, tu savoures puissance 10 000.

Je me suis enfin lavée et j'ai essayé de manger un morceau. Ça m'arrive parfois de vraiment pas être bien en lendemain de soirée, là en lendemain de viol c'était pas jojo non plus. J'ai réussi à avaler quelques pâtes au pesto, des compotes de pomme et du Coca (le menu trois étoiles concocté avec amour par Coco), j'ai pris trois Nurofen et je me suis couchée.

Quand je me suis réveillée quelques heures plus tard, j'avais personne sur moi en train de me baiser et ça, c'était plutôt agréable.

Ben le *detective* m'a appelée à la fin de ma sieste. Il m'a dit deux trucs. Un, tu vas aller à telle heure au poste de police, il y a un autre détective qui sera là pour prendre ta déposition. Et deux, on a arrêté et *charged* (inculpé) le deuxième mec, celui qui t'a violée. Boum. La police australienne. Ils sont pas là pour rigoler.

« Et il a dit quoi ?

– Pour le moment, il ne dit rien. »

J'ai rejoint Coco et Jules à la plage. Je me suis baignée, je suis restée un peu avec eux, et puis Coco m'a accompagnée à pied à la *police station*, et elle m'a proposé de venir dîner chez elle après.

Et j'ai fait ma déposition.

Et je suis partie dîner chez Coco et Jules.

Et la vie a repris.

Les jours qui ont suivi, je n'étais pas spécialement mal, mais j'avais l'impression d'être dans un monde parallèle. Tu vois tes potes, tu vas au taf, tu fais du sport, tu bois des bières. Mais il y a un truc qui est gelé dans ton cerveau. Tu continues comme si de rien n'était, c'est pas marqué sur ta gueule que tu t'es fait violer quelques jours plus tôt, mais une partie de ton esprit est restée coincée à jeudi soir dernier.

La semaine d'après, j'ai été une nouvelle fois bluffée par le professionnalisme et l'attention des flics et du personnel médical. Un coup de fil de Ben le *detective*, pour s'assurer que j'allais bien. Un autre d'une fille de l'hôpital qui me demande si ça va, si je suis bien entourée, etc. Encore un autre d'une nana du SAC (Sexual Assault Center) qui me dit que, si je veux, je peux avoir une *councellor* (psychologue) qui va s'occuper de moi, que c'est gratuit, je peux venir quand je veux. Je dis OK, moi de toute manière quand c'est gratuit, j'y vais toujours.

La psy en question m'appelle pour prendre rendez-vous et me demander comment ça va. Je lui explique, ça va pas trop mal mais j'ai une partie de mon cerveau qui est restée bloquée, je sais pas trop quoi faire. Et là elle m'a dit un truc qui m'a fait switcher, elle m'a dit : « *It's in the past now. You are safe.* » Et je me suis dit putain mais grave ! C'est fini. (Bon au final on va pas se mentir, c'était un peu plus *tricky* que ça.)

Le dernier coup de fil vient de je ne sais pas qui, pour me proposer un rendez-vous afin de faire les tests VIH, MST et compagnie. Bref, ils sont bons. Comme je le dis souvent, les choses se font à fond ou ne se font pas. À propos de l'accueil et du soutien qui m'ont été réservés en tant que victime d'un viol, je n'ai absolument rien à redire. On s'est occupé de moi de A à Z, avec gentillesse et bienveillance. Flics, assistantes sociales, médecins, standardistes, détectives, Gabbi, Coco, Jules. J'ai dans mon cœur chacune de ces personnes et je n'oublierai jamais ce qu'elles ont fait pour moi ce week-end de Pâques 2018.

4

La vie a repris. Le boulot, les copains, le sport, les teufs, et de temps en temps les coups de fil de la police ou de l'ODPP (Office of the Director of Public Prosecutions – l'équivalent du parquet en France), comme des petites piqûres de rappel qu'il t'est arrivé une sacrée merde pas plus tard qu'il y a quelques semaines. L'ODPP est une autorité indépendante chargée de toutes les poursuites judiciaires pour le compte du NSW (New South Wales, l'un des six États australiens). Comme indiqué sur leur site : *We provide the people of NSW with an independent, just and efficient prosecution service* (« Notre mission est d'offrir aux habitants du NSW l'accès à un service de poursuites pénales indépendant, juste et efficace »).

J'ai découvert que le système australien ne fonctionne pas exactement de la même manière que le système français.

Le premier contact que j'ai eu, c'est évidemment Ben, le *detective*, qui fait partie de la NSW Police Force. C'est lui qui est allé arrêter le mec (que j'appellerai dans le reste du récit le Mexicain, même si je ne sais plus exactement à quel moment on m'a dit qu'il était mexicain) vers 9 heures le 30 mars 2018 et qui s'est occupé de tout le travail d'investigation. Il a placé le Mexicain en détention provisoire, avant de le libérer sous caution (j'en ignore le montant). Et il lui a confisqué son passeport pour éviter qu'il quitte le pays.

Détail essentiel, les poursuites judiciaires dont je parle relèvent du droit pénal et non du droit civil. En droit pénal, on confronte l'accusé et la société avec l'objectif de punir une infraction. Le droit civil, de son côté, est un droit privé qui organise les relations entre personnes physiques et morales, lorsqu'il n'y a pas de peine à prononcer contre l'accusé. En d'autres termes, un procès au pénal permet, si le Mexicain est reconnu coupable de viol, de le punir, par exemple en le mettant en prison. Un procès au civil permet de réparer le préjudice subi, généralement par le versement d'une somme d'argent. Je ne parlerai ici que du procès pénal. Un procès civil n'est pas, pour le moment du moins, à l'ordre du jour.

Reprenons. Une fois que le Mexicain a été arrêté et que la police a commencé son travail d'investigation, c'est l'ODPP qui a pris le relais. Au moment où l'ODPP s'est saisi de l'affaire, j'ai reçu un coup de téléphone d'Adam, l'un des *solicitor* de l'ODPP. Le *solicitor* a une formation d'avocat. Son rôle est de faire en sorte que les poursuites pénales soient menées de la manière la plus efficace possible. Il fait le lien entre la personne accusée, ses avocats, la police, l'avocat général et moi. Son rôle est entre autres de briefer l'avocat général qui représentera la société au moment du procès.

Fin mai 2018, j'ai donc une première fois Adam au téléphone. Comme toutes les personnes qui s'occupent de cette affaire, il est très prévenant et commence par me demander comment je vais. Après s'être assuré que je suis toujours d'accord pour continuer les poursuites, il m'en explique dans les grandes lignes le déroulement. Le Mexicain va d'abord être présenté à une *local court* pour ce qu'ils appellent un *committal process*, l'équivalent de l'enquête préliminaire en France. Pendant ce *committal process*, l'ODPP examine toutes les preuves qui ont été envoyées par la police et s'assure qu'elles appuient bien les charges retenues contre l'accusé. En France, ça correspond au moment où le procureur décide s'il classe l'affaire ou s'il ouvre une information judiciaire (c'est certainement une comparaison un peu grossière, c'est difficile de comparer des systèmes aussi différents). Puis l'accusé doit choisir entre plaider coupable ou non coupable. S'il plaide coupable, le Mexicain part directement au *district court* pour le *sentencing* (la condamnation) et il aura une peine réduite de 50 %. S'il plaide non coupable, il part aussi au *district court*, mais pour le *trial* (procès).

Adam me rappelle courant juin 2018 : « Hey Jeanne, j'ai une requête pour toi, qui est assez inhabituelle, en tout cas à ce stade du procès. Les avocats du Mexicain voudraient te parler. Ils n'ont pas le droit de te contacter en direct, donc ils m'ont demandé de te demander si tu acceptais de les rencontrer. »

Quand j'ai posé la question de pourquoi les avocats voulaient s'entretenir avec moi, il a fait semblant de ne pas savoir. J'ai insisté, en lui disant tu comprends bien que c'est la première fois que je suis victime d'un viol, donc je n'ai aucune idée ni de ce qu'il faut que je fasse ni de si j'ai un intérêt quelconque à rencontrer les avocats du Mexicain. Il m'a répondu : je ne sais pas pourquoi ils veulent te voir, je te transmets juste la requête. Typiquement australien ça, de faire semblant de ne pas savoir ce qui se passe et d'appliquer les règles à la lettre, surtout ne pas se mouiller.

Quand j'ai sollicité des avis autour de moi, tout le monde s'est accordé sur le fait que je faisais ce que je voulais mais que, quoi qu'il arrive, si je décidais d'accepter de les rencontrer, il fallait qu'un avocat m'accompagne. J'ai finalement choisi de ne pas donner suite à cette requête, puisque rien ne m'y obligeait. Je me doutais que les avocats allaient me proposer un deal pour que je retire ma plainte. Je ne voulais même pas en entendre parler. C'est pas parce que le mec est friqué qu'il va s'en sortir comme ça. J'ai rappelé Adam et je lui ai dit non.

Quelques temps plus tard, courant juillet, je reçois la confirmation via Adam que le *committal process* a eu lieu. Ben le *detective* a présenté le brief avec tous les éléments du dossier. Les charges ont été examinées. Le Mexicain a décidé de plaider non coupable, ce qui signifie qu'un procès en *district court* aura bien lieu. La date n'est pas encore fixée.

Une autre différence avec la France, au niveau du droit pénal, c'est qu'en Australie je n'ai pas besoin de trouver un avocat. Le système australien ne me considère pas comme une victime mais comme le témoin principal d'un crime qui a été commis contre la société. Et à ce titre, je n'ai donc pas besoin d'avocat. Mes avocats, ce sont en quelque sorte les détectives, qui s'occupent de rassembler les preuves et de mener l'enquête, et le *Crown prosecutor*, littéralement « procureur de la Couronne », qui est l'équivalent de l'avocat général en France, et dont le rôle consiste à défendre les intérêts de la société.

J'ai également en tête quelques coups de téléphone marquants avec Ben. Il m'appelait régulièrement pour checker que j'allais bien, me donner des news du dossier et re-confirmer que j'étais toujours OK pour poursuivre le Mexicain. C'est lors d'un de ces coups de fil, en avril 2018, qu'il m'a appris que ce dernier était en fait le frère de Luis. Son *frère*.

« *His brother ?*

– *Yes.*

– *Okay…* »

Ça m'a encore plus dégoûtée et donné envie de leur gerber dessus. Non mais ça va pas bien les mecs ?

Quelques temps plus tard, nouveau coup de fil de Ben pour me poser je ne sais plus quelle question. J'en profite pour lui demander s'ils ont les résultats ADN. Il me répond qu'ils les ont reçus, et que c'est bon, on a bien retrouvé les traces ADN du second Mexicain dans mes prélèvements. « *It's good news.* » Mine de rien ça m'a enlevé un poids de savoir que l'analyse ADN prouvait le rapport sexuel avec le second Mexicain. Merci, j'ai pas rêvé bordel !

Un peu plus tard, au détour d'une conversation avec Adam, le *solicitor* de l'ODPP, je lui parle des résultats ADN. Il bugge et me demande comment je suis au courant. Je lui réponds que c'est Ben qui me l'a dit. Il me rétorque que normalement je ne suis pas censée connaître les éléments de l'enquête, ce qui m'a un peu choquée.

Point numéro un, j'ai fait des analyses ADN, c'est mon corps, mes cellules qui ont été prélevées, j'ai quand même le droit d'avoir les résultats.

Point numéro deux, depuis le début de cette histoire, je me suis toujours dit que j'irais jusqu'au bout du procès si, et seulement si, on réussissait à collecter suffisamment de preuves pour que le procès ne soit pas uniquement parole contre parole. Parce que si c'est pour aller au casse-pipe, merci, mais non merci. Étant donné les chiffres (en France, 0,9 % – pardon, 1,1 % des viols donnent lieu à une condamnation aux assises), je ne vais pas prendre le risque de voir un mec se faire acquitter sous mes yeux sous prétexte qu'on n'a pas assez de preuves. C'est déjà assez difficile de se reconstruire, donc si on peut s'éviter un mauvais moment au tribunal, c'est toujours ça de gagné.

Le deal que je me suis mis en tête dès le lendemain du viol est donc le suivant : si pour une raison ou pour une autre le test ADN n'a pas fonctionné et qu'il ne prouve pas le rapport sexuel avec le second Mexicain, alors tant pis je lâche l'affaire. Je ne me vois pas affronter un procès sans preuves solides, qui déboucherait certainement sur un acquittement. En revanche, si l'ADN prouve le rapport sexuel avec le second Mexicain, et qu'en plus on montre le message dans lequel Luis essaie de me faire croire que c'était bien lui avec moi dans le lit, alors dans ce cas on a quand même la preuve qu'il y a bien un problème au niveau du consentement. Et avec ces deux indices, bien entendu que je suis d'accord pour continuer les poursuites.

Du coup, je trouvais ça vraiment limite de la part d'Adam de ne pas vouloir me donner les résultats ADN jusqu'au procès. Genre c'est la surprise. Comme au final j'avais déjà ma réponse grâce à la « boulette » de Ben, je n'ai pas insisté. Mais autrement, j'aurais simplement expliqué à Adam qu'attendre un procès sans être sûre que l'ADN joue (ou non) en ma faveur, c'est beaucoup trop dur et stressant. Donc soit tu me donnes l'info, soit je lâche l'affaire, je prends mon baluchon et je quitte l'aventure.

Août 2018, je reçois la confirmation que le Mexicain plaide non coupable et que la date du procès en *district court* est fixée au 11 juin 2019. Je me souviens d'avoir eu Ben au téléphone et de lui demander, au vu des preuves que l'on a et qui sont à mon sens accablantes, comment c'est possible que le mec ose plaider non coupable. Il me répond que, dans les affaires d'agression sexuelle, c'est ultra-rare que les types inculpés plaident coupable, ça n'arrive quasiment jamais. Il me dit de ne pas m'inquiéter, que l'affaire suit son cours, et que *the case is solid.*

Octobre 2018, je contacte Adam de l'ODPP parce que j'ai une question à lui poser. Il me propose de venir dans leurs locaux pour que l'on se rencontre et que je fasse également connaissance avec Imogen, la personne chargée de soutenir les victimes. J'accepte.

La question qui me turlupine est la suivante : pourquoi a-t-on « seulement » inculpé le second Mexicain ? Pour moi, il est clair que je suis tombée dans un piège et que Luis est à 100 % complice du viol commis par son frère. La preuve, il me ment par WhatsApp alors qu'il ne peut pas ne pas savoir que son frère vient de me violer. Je ne sais pas à quel degré il est impliqué, de qui vient l'idée, ou même si le second s'est glissé dans la chambre sans que Luis le sache – mais dans tous les cas, au minimum, le mec tente de dissimuler ce que son frère a fait, puisque je les ai vus discuter à la porte de la chambre et qu'il me soutient ensuite mordicus que c'était lui avec moi dans le lit.

Je pose donc cette question à Adam. Ce dernier m'explique que l'ODPP se base sur le brief fourni par la police pour poursuivre (ou non) les personnes inculpées. Dans mon cas, la police n'a arrêté que le second Mexicain. Et donc si je veux que Luis soit également arrêté, je dois aller voir Ben et lui poser la question. C'est en quelque sorte Ben le point de départ de la procédure.

Je remercie et appelle Ben dans la foulée pour lui demander si je peux passer au commissariat dans les prochains jours.

Je précise que je connais le prénom du second Mexicain, il m'a été donné dès qu'il a été arrêté mais je refuse de lui donner un prénom. Pour moi, ce mec c'est juste la grosse purge qui m'a baisée pendant que je dormais, je ne le connais ni d'Ève ni d'Adam, je ne lui ai jamais parlé, je n'ai même jamais vu son visage, j'ai juste senti son corps dégueulasse sur le mien. Luis, je l'appelle Luis et pas le premier Mexicain, parce que je sais qui c'est, j'ai son visage en tête, et même si c'est un bel enfoiré, je connaissais son prénom avant que la nuit ne dérape, donc ça ne me dérange pas de lui donner un nom. Même au cours du procès, quand je témoignerai, j'utiliserai « Luis » et « le second Mexicain », ou « l'Autre ». Jamais je n'ai prononcé son nom, ça me file des haut-le-cœur.

Deux semaines plus tard, me voici au commissariat avec Ben. Je lui explique mon problème, je ne peux pas comprendre que Luis n'ait pas été arrêté alors que ça crève les yeux que le mec, s'il n'est pas complice, a au moins essayé de camoufler ce que son frère a fait. Il me répond que oui, en effet ça crève les yeux, mais que d'un point de vue judiciaire, on n'a rien pour prouver qu'il savait ce que son frère venait de faire. C'est du bon sens, on est bien d'accord, mais c'est impossible à prouver. C'est pour ça qu'on ne l'a pas arrêté.

Je comprends que ça ne sert à rien d'insister. Et je comprends aussi son point de vue. C'est mathématique. On a des preuves, on arrête. On n'en a pas, on n'arrête pas. De toute façon, c'est déjà bien que le second Mexicain ait été arrêté. Je pense que Luis ne doit vraiment pas faire le malin à l'idée que son propre frère fasse potentiellement de la taule et qu'il doit forcément se sentir un minimum coupable de la merde dans laquelle il se trouve maintenant. Et la culpabilité d'avoir plus ou moins contribué à mettre ton frère en prison, c'est quand même déjà une sacrée punition.

Les mois qui ont suivi, j'ai progressivement appris à accepter de ne pas avoir tous les éléments en main. D'un côté, Ben et Adam étaient mes seuls interlocuteurs, et d'un autre ils faisaient de la rétention d'informations au sujet de l'enquête. Au début, ça me rendait furieuse, et surtout ça m'angoissait de ne rien savoir. Ils me disaient : « *The case is very strong, no worries.* » Et moi je rongeais mon frein, oui le *case* est hyper-solide, mais c'est pas une raison pour arriver au tribunal comme des touristes. Le Mexicain n'a strictement rien à perdre, il va arriver avec une armée d'avocats et si on n'est pas prêts on va se faire dépouiller ! Je ne vais pas au procès pour me prendre un acquittement dans la gueule.

J'envoyais des mails à Ben en lui demandant : as-tu fait ça, peux-tu demander les enregistrements de vidéo-surveillance de tel bar, peux-tu faire ci, et ça… La meuf insupportable.

Ce n'est qu'au moment du procès que j'ai découvert l'ampleur du boulot effectué par l'équipe de Ben. Il ne me disait rien, parce que encore une fois je suis considérée comme témoin d'un crime commis contre la société. Donc on veut que je me concentre sur mon témoignage, que ce témoignage soit le plus « brut » possible et éviter qu'il soit influencé par le travail d'investigation mené en parallèle.

Ce qui maintenant me paraît logique (exception faite de la rétention d'information concernant l'ADN). Mais sur le moment, ne pas avoir accès aux éléments de l'enquête me rendait complètement timbrée et surtout hyper-angoissée. D'autant plus que, dans l'hypothèse où le Mexicain était acquitté à la fin du procès, je n'avais aucun moyen de faire appel. C'est un *one-shot*.

Une autre différence entre le système judiciaire australien et le système français que j'ai découverte en discutant avec Ben, et qui m'a rassurée, c'est que dans les affaires de *sexual assault*, en Australie, les avocats de l'accusé n'ont pas le droit de parler du « passif » de la victime. Je n'aurais pas spécialement stressé à l'idée que la défense fouille dans ma vie, parce que je ne vois pas ce qu'ils auraient pu y dénicher de très croustillant (quoique, c'est leur job, donc on sait jamais). Mais ça m'aurait semblé pour le moins désagréable qu'on me demande des justifications sur le fait que je sois rentrée chez un mec alors que je l'avais rencontré le soir même en boîte. Même si, on est d'accord, ç'aurait été hors sujet. Simplement hors sujet.

Donc non, en Australie, on ne parle QUE des faits. De ce qui s'est passé la nuit du viol. Le reste on s'en tape. Si jamais un avocat dérape, il se fait directement recadrer par le juge. Alors qu'en France c'est une autre histoire. D'ailleurs, au moment où Ben m'a expliqué ce point, j'étais justement en train de suivre attentivement l'affaire de la Canadienne violée par deux flics de la BRI en avril 2014. Emily S., une touriste de trente-neuf ans, avait rencontré deux policiers membres de la Brigade de recherche et d'intervention (BRI) dans un pub situé en face du 36, quai des Orfèvres. Au terme d'une soirée alcoolisée, elle les avait suivis dans les locaux du 36. Elle avait quitté les lieux quelques instants plus tard, en état de choc, dénonçant aussitôt un viol. Et le contraste entre le procès qu'elle a enduré en France et ce qui se passe en Australie est saisissant. Première instance en juillet 2016, les mecs ont été acquittés. Appel en janvier 2019, les mecs ont été condamnés, mais à quel prix. La victime s'est fait rouler dessus par la défense, littéralement. Les articles sur le sujet expliquaient que c'était presque plus le procès de la victime que celui des accusés. Son passé, ses fréquentations, ses addictions, sa personnalité ont été disséqués. Alors qu'il y a finalement assez peu de questions auxquelles il faut répondre pour établir si un viol est constitué ou non et qu'elles n'ont aucun lien avec le passé de la victime. En fait, il y en a deux. Y a-t-il eu acte sexuel, oui ou non ? Si oui, cet acte sexuel était-il consenti, oui ou non ? Le reste, *tout* le reste, on s'en cale.

Comme l'a superbement énoncé l'avocat général, Philippe Courroye, lors de ses réquisitions dans le procès des deux policiers de la BRI : *« On nous dit "C'est une traînée", on ne nous le dit pas comme ça, mais c'est l'idée.*

C'est sa vie, c'est sa liberté, on ne peut rien en tirer. C'est hors sujet. »

Ce qui est hors sujet devrait tout bonnement être censuré dans les tribunaux. Comme en Australie. On devrait rester focus sur les éléments qui permettent de prouver que le viol a eu lieu (ou non) au lieu de laisser les avocats détourner l'attention générale sur le passé des victimes. Parce qu'on n'est pas dans *Voici* ni *Closer*. On est au tribunal.

5

Je me suis beaucoup servie de l'écriture entre le moment où je suis sortie de mon déni, fin août 2018, et celui du procès, en juin 2019. J'écrivais de manière irrégulière et impulsive, et les textes qui en résultent sont assez révélateurs de la période de reconstruction que je traversais alors. Ou devrais-je dire, des périodes de destruction puis de reconstruction qui se sont succédé, parce que l'une n'arrive a priori pas sans l'autre. Ils ont principalement été écrits à des moments où j'étais au bord de l'explosion. J'écrivais avant tout pour me calmer, en essayant littéralement de « sortir » la rage et l'angoisse qui pourrissaient en moi, espérant les analyser pour mieux les crever. Ces textes transpirent une colère et un mal-être évidents. Si cette histoire de viol a mis de l'huile sur le feu, ce serait malhonnête d'attribuer à ces enculés de Mexicains 100 % de cette période noire. La vie c'est plein de trucs, des traumatismes, des histoires d'amour, de boulot, de potes, de famille, de voyages. J'étais sûrement déjà un peu en colère avant de croiser leur route. Pour résumer, il y avait déjà certainement de l'eau dans le gaz, mais ce viol a tout fait péter. Je raconte donc dans ces écrits les émotions et les rancœurs qui me sont passées par la tête, Mexicains ou pas. Ces mots sont violents, et maintenant que je vais beaucoup, beaucoup, beaucoup mieux, j'ai moi-même du mal à les relire. Ils me laissent incrédule et choquée.

25 septembre 2018

Je ne me rendais pas compte que les Mexicains, ça m'avait atteinte comme ça. J'ai lu quelque part qu'un viol c'est comme une bombe en toi qui peut exploser à tout moment. La mienne a clairement explosé quand je suis rentrée en France pour les vacances et elle continue de réexploser de temps en temps. Je vais trouver un psy à qui tout lâcher et ensuite ce sera OK.

Je pleure énormément. Même le soir en me couchant en rentrant de soirées, ce qui ne m'est jamais arrivé avant. J'ai vraiment ce sentiment d'être détruite à l'intérieur. C'est la première fois que je ressens ça et que je le lie autant aux Mexicains. L'impression d'être vide à l'intérieur.

29 septembre 2018

La psy m'a dit que c'était normal que j'aie mis tout ce temps à réaliser. Quand ton corps subit un truc ultra-violent, physique ou mental, il fait en sorte que tu ne ressentes rien. Comme les mecs qui se font arracher des bras ou des jambes dans des accidents de la route. Ils ne s'en rendent pas forcément compte parce que ça fait tellement mal que leur corps leur envoie un max de morphine. Du coup tu sens la douleur plus tard. C'est ce qui est en train de se passer dans mon cas. Je ressens la douleur seulement maintenant, alors que pendant la période qui a suivi le viol, j'ai rien senti. J'étais vite fait choquée, mais je n'ai rien réalisé.

Bref c'est pas la joie intégrale. C'est difficile de faire la part des choses entre les Mexicains d'un côté, et Paulo de l'autre. Je le kiffe encore, mais c'est secondaire par rapport à mon souci numéro 1, ces fils de pute de Mexicains.

Là je ne peux plus parler de ce qui s'est passé sans fondre en larmes, même si je m'arrête rapidement de pleurer. Alors qu'entre le moment où c'est arrivé et mon retour en France cinq mois plus tard, je n'ai quasiment pas versé de larmes.

J'espère que la psy va m'aider. J'y retourne vendredi. Et je lis un livre qui s'appelle *Vivre après un viol – Chemins de reconstruction*[1], pour comprendre pourquoi ça te détruit et comment tu fais ensuite. La psy m'a dit qu'il allait falloir que j'apprenne à vivre avec mon nouveau Moi. L'ancien Moi d'avant le viol, il n'existe plus a priori.

Voilà donc c'est la grosse ambiance.

J'ai des putains de boules dans la gorge qui apparaissent d'un coup. C'est même plus des boules, c'est comme une pastèque. Ça me fait mal physiquement.

C'est vraiment des fils de pute. Je pensais pas qu'un jour quelqu'un réussirait à me détruire mentalement comme ça.

14 janvier 2019

C'est comme une fuite de gaz dans ta tête et ça peut péter à tout moment. Une colère latente qui t'envahit, chaque vague t'embrume un peu plus la gueule et te fait voir la vie de manière un peu plus aigrie. Tu t'énerves sur des détails, chaque petite merde devient une goutte d'eau qui peut tout faire exploser. Et parfois, la colère

1. *Vivre après un viol. Chemins de reconstruction*, Lise Poirier Courbet, Érès, 2015.

se transforme en anxiété et se niche dans ta gorge, c'est douloureux ça empêche de parler et ça fait pleurer.

Et cette hargne. Cette envie de taper les gens, pour rien. Ce besoin de hurler, de cracher cette merde en toi, ce poison, tu sais même pas ce que c'est, y a un truc coincé dégueulasse qui doit sortir, je sais pas comment le faire sortir.

Je sais même pas ce que c'est que cette colère. Si c'est un relent des Mexicains. Si t'es vénère à cause de Basile qui te tease et ensuite rien. Si t'es triste que Julien se casse. Si t'es aigrie parce que t'as juste envie que quelqu'un te prenne dans ses bras et te serre très fort, parce que ça fait beaucoup trop longtemps que c'est pas arrivé. Si t'es jalouse de toutes ces meufs qui sont maquées et qui ont toujours l'épaule de leur mec pour se reposer. Si t'es angoissée de finir toute seule. Si t'es juste fatiguée.

Je crois que je hais les mecs. Je hais leur lâcheté, quand ils ne sont pas capables de te dire la vérité en face. Je hais leur méchanceté de porc quand ils te mentent, quand ils te violent. Je hais leur manque d'empathie et leur égoïsme quand ils t'envoient des messages pour te garder sous le coude alors que t'essaies de les oublier.

Ça me met en colère, ça me rend triste, ça me rend timbrée. Ça me saoule, ça me rend aigrie, ça met une boule dans la gorge qui me fait pleurer. Ça me donne l'impression d'être vide, ça me fait voir la vie en noir. Ça m'énerve qu'ils réussissent à me mettre hors de moi, littéralement. Bande de connards, bande d'enculés.

24 janvier 2019

Un peu l'impression d'être devenue un animal sauvage. Je ne supporte plus la boucle WhatsApp des nanas, c'est d'un niais, c'est d'un ridicule… Ça se noie dans des smileys et des cœurs, des points d'exclamation et des photos de bébé. On dirait un troupeau de moutons, il y en a une qui envoie une photo de bébé, toutes les autres s'y mettent et te lâchent des superlatifs « mignons » à n'en plus finir, putain mais réveillez-vous bordel !

[…]

Je ne peux plus les prendre au sérieux. Inconsciemment je dois me dire qu'elles ne peuvent pas me comprendre. Même si elles veulent toutes bien faire et qu'elles sont gentilles, je ne peux plus les écouter me raconter leurs faux problèmes et s'extasier sur chaque détail de leur vie pourrie.

Je suis devenue sauvage dans le sens où je ne peux plus faire semblant que tout le monde est mon pote. Depuis les Mexicains, il y a ceux qui sont avec moi et le reste. Ceux qui ont réussi à connecter leurs trois neurones et sont présents tout en sachant qu'ils ne pourront jamais vraiment comprendre ce qui se passe dans ma tête (moi-même je comprends pas), et les autres. Ceux qui ont compris que tout avait changé, et les autres.

Je pense qu'avec Laure on a la même blessure. Un viol, une fausse couche, ce sont des traumatismes invisibles. Le viol, pas de séquelles physiques. Comme me dit Jane (ma psychologue), *it's not about sex it's about power.* Juste une faille qui s'ouvre dans ta tête et toi-même tu galères à la situer, à évaluer sa longueur sa largeur sa profondeur, sa position. Un truc pété au fond, tu comprends même pas pourquoi ça fait mal. Et une fausse couche. Un bébé qui s'envole, personne ne le sait vraiment, une perte de quelque chose que tu as senti, que tu n'as pas vu, et pareil tu te demandes pourquoi c'est aussi douloureux alors qu'il n'y a pas de séquelles physiques. Il y a juste un avant et un après. Et ce bouleversement intérieur, j'ai l'impression qu'il se répercute à l'extérieur. Il y a des gens que je ne veux plus voir, tout simplement, ou que je ne peux plus voir, parce qu'on ne vit plus dans le même monde. C'est un retour à l'état sauvage, dans le sens où je ne fais plus aucun effort social. Je survis et c'est déjà pas mal.

6 juin 2019

Ça va pas mal. Bonne dernière séance de psy avant le procès, même si Jane *(NdE, ma psy)* parle quand même un peu trop de trucs qui n'ont aucun rapport avec la choucroute, elle a parfois des éclairs de génie qui m'aident.

[…]

Niveau Mexicains, on n'a jamais été aussi proche du dénouement. J'ai rencontré la nouvelle *solicitor* et le *Crown prosecutor*. Ils ont l'air très bien. Le *Crown prosecutor* c'est un gros nounours, il m'a tout expliqué, il a un regard doux et bienveillant. Il a l'air assez confiant sur la manière dont va se dérouler le *trial*.

J'y vais avec Charlotte, Héloïse, Gabbi, Félicie, Jade et Juliette. Team parfaite. Je suis confiante.

Le procès ça va bien se passer. Ensuite boulot jusqu'au 28 juin. Ensuite avion avec Pierre sûrement (trop cool) le 1er. Et là on décompresse et on lâche les chevaux jusque septembre, sans se poser de questions. Ça va être nickel. Et on réattaque à fond de balle en septembre.

6

Lorsque le procès s'est terminé, l'ODPP m'a demandé d'écrire un *victim impact statement* (VIS). Comme je l'ai expliqué, le procès dans lequel je me suis embarquée était un procès pénal : j'étais considérée comme témoin d'un crime commis contre la société et non comme une victime. Ce procès était par définition centré sur des faits uniquement, jamais on ne m'a laissé l'occasion d'expliquer ce que j'avais ressenti en tant que victime, et quel impact ce crime avait eu sur moi. En demandant aux victimes d'écrire ce *victim impact statement*, on leur donne la possibilité de décrire les dommages (physiques, psychologiques, émotionnels, économiques…) qu'a eus le crime sur leur vie. Ce VIS, je l'ai écrit quelques jours après l'annonce du verdict, et il a été lu le 1er août 2019 devant la cour, avant qu'elle ne condamne le Mexicain à trois années de prison. Je le traduis donc ici.

J'ai été violée le 30 mars 2018 à environ 3 h 30 du matin. J'ai rencontré un mec en boîte, j'ai discuté, ri et couché avec lui. Je me suis endormie dans ses bras. Je me suis réveillée environ une heure plus tard en train de coucher avec un autre mec, un inconnu. Ils avaient switché pendant que je dormais. Cette nuit-là, l'ancien moi a disparu. Je ne suis plus la même personne depuis et je vais essayer d'expliquer pourquoi, chronologiquement.

Impact immédiat – Premières heures suivant le viol

Je n'oublierai jamais ces quelques secondes. Je me réveille, et je réalise (1) qu'il y a un mec à l'intérieur de moi, (2) que ce mec n'est pas le bon. Je hurle, il se retire et court vers la porte. Je reste dans le lit quelques secondes. Le mot « viol » clignote dans mon cerveau. Je suis estomaquée. Ce sont les premières secondes du reste de ma vie. Je suis dans un état de choc complet. J'arrive au commissariat en sanglotant. Je ne peux pas m'arrêter de pleurer. Je ne peux pas croire ce qui vient de se passer.

Impact à très court terme – Jour un à jour huit

Je m'arrête de pleurer relativement rapidement après avoir terminé tout l'admin avec les flics, l'hôpital et les flics de nouveau. Je plonge ensuite dans un état très calme. Je ne peux toujours pas le croire. Je sais que je me suis fait violer. Je me sens trahie par ce mec qui est parti du principe que j'étais juste un objet et qui a laissé son frère coucher avec moi pendant que je dormais. J'ai le sentiment d'être dans un brouillard complet. C'est comme si je regardais un film, une nana se fait violer, cette nana c'est moi mais je ne le réalise pas.

J'ai été violée un jeudi soir, veille d'un long week-end. Je suis retournée au boulot quatre jours plus tard, avec le sentiment qu'il s'était en fait écoulé quatre mois.

Pendant environ dix jours, je suis beaucoup plus calme et passive qu'à l'accoutumée. Je vis ma vie mais je suis littéralement sans voix, dans un monde parallèle.

Impact à court et moyen terme – Jour huit jusqu'à environ quatre mois et demi plus tard

À partir du jour dix, j'entre dans une phase de déni. À ce moment-là, je ne le réalise évidemment pas du tout. Je pense au contraire que je vais très bien. Je dis même à mes amis proches que je suis en pleine forme, j'ai déjà oublié ce qui s'est passé, je n'ai même pas besoin d'aller consulter un psy, je suis plus forte que cette merde. Je sais aujourd'hui que mon cerveau était incapable de processer l'information selon laquelle j'avais été violée. C'est alors trop douloureux pour mon corps et mon esprit, mon cerveau me dit de me comporter comme si de rien n'était. Je parle du viol de temps en temps, uniquement d'un point de vue légal et judiciaire. Pas de larmes, juste des faits.

Avec le recul, je sais précisément quel jour a commencé cette phase de déni. Je faisais un footing avec l'une de mes meilleures potes qui n'était pas au courant de ce qui m'était arrivé le week-end précédent. J'étais sur le point de lui dire. Je revois les phrases affluer dans mon cerveau et s'apprêter à sortir de ma bouche. Et au dernier moment une petite voix dans ma tête s'est élevée et m'a dit, vas-y essaie de ne rien dire pour voir. Vas-y écrase le bordel, étouffe cette histoire sordide, on va voir, peut-être que comme ça elle fera moins de dégâts et que tu l'oublieras plus vite.

J'ai ravalé mon histoire. Je l'ai enterrée. Sur le coup, je me suis dit : putain trop solide. Maintenant je sais que ce footing avec Sixtine, c'est le top départ de mon déni.

J'ai d'ailleurs retrouvé des messages envoyés à un autre de mes meilleurs amis le 17 avril 2018, soit dix-huit jours après le viol. On peut quasiment parler d'un déni noir sur blanc :

Les flics viennent de m'appeler pour me donner des news

et tu sais ils ont arrêté un mec, ils l'ont « charged *», celui qui m'a violée, et bah tu sais qui c'est cet enculé, c'est le FRÈRE de Luis (le premier Mexicain)*

je suis mais retournée

putain

j'ai demandé au flic ce que le mec avait dit, s'il avait reconnu les faits et tout, mais apparemment il a rien dit pour le moment

de réentendre la voix du flic au téléphone (c'est le même flic que celui qui s'est occupé de moi le 30 mars), ça m'a un peu catapultée en arrière là

faut que j'arrête d'en parler en fait.

Et un autre message, envoyé en juin 2018, qui clôt une discussion à propos de l'avancement de l'enquête :

De toute manière, moi perso ça va très bien, c'est du passé et franchement j'ai presque oublié cette affaire, si je poursuis le mec c'est pas pour moi, c'est pour la société.

CQFD.

Ce déni a été d'autant plus profond et « efficace » que j'ai rencontré un mec dont je suis tombée raide dingue une dizaine de jours après la nuit du viol. Moi-même, je ne sais pas trop ce qui s'est passé dans ma tête. Deux hypothèses. 1. Ce timing incroyable n'est que pure coïncidence, je serais tombée amoureuse quoi qu'il arrive. 2. Mon cerveau, encore sous le choc du viol, m'a fait plonger tête la première dans cette relation et s'en est servi comme d'un paratonnerre. Non seulement j'étais en déni total du viol, mais en plus pour être sûre de ne vraiment plus y penser je me suis ajouté une protection supplémentaire et je suis partie sur une autre galaxie, avec Paulo. Loin, très très très très loin du cauchemar des Mexicains.

Explosion du déni – Quatre à cinq mois après le viol

Je rentre en France quatre mois et demi après le viol pour passer des vacances avec famille et amis. Si la plupart de mes bons potes de Sydney sont au courant de l'histoire, je n'ai raconté à personne en France ce qui s'est passé le 30 mars, officiellement parce que je ne veux pas que mes proches paniquent à distance. Officieusement parce que c'est pas évident d'expliquer à tes parents qu'un inconnu t'a baisée pendant que tu dormais.

Quand je retrouve mes parents, mes deux frères et ma sœur, c'est comme une énorme gifle. Parce qu'ils ne sont pas au courant de ce qui m'est arrivé, il y a comme une barrière invisible entre eux et moi, que je suis la seule à voir. J'ai une boule énorme dans la gorge, qui me fait mal physiquement. Je pleure tous les jours dès que je me réveille. Comme si une bombe avait explosé dans mon cerveau.

Je parviens tant bien que mal à raconter l'histoire à ma mère quelques heures avant de reprendre l'avion pour Sydney. Je pleure. À partir de ce jour, je me mettrai à pleurer toutes les fois où je parlerai du viol, ce qui n'était pas le cas jusque-là. Je libère enfin toutes les larmes que j'avais bloquées pendant mon déni. Ces larmes bloquées parce que je refusais inconsciemment de surmonter ce qui s'était passé. Ce torrent de larmes marque la fin de la période de déni.

Là encore, quelques précisions par rapport à la version « épurée » que j'ai donnée à lire au tribunal. Je suis rentrée en France mi-août 2018. Première étape, la relation commencée avec Paulo une dizaine de jours après le viol s'achève au tout début de mon séjour. C'est non seulement la fin d'une histoire à laquelle je croyais très fort, mais c'est aussi et surtout l'explosion du paratonnerre qui me protégeait jusqu'alors plutôt bien des Mexicains. Je me prends le viol en pleine face, comme un boomerang. Il revient avec d'autant plus de force qu'il était parti loin.

Je suis en vacances à la mer, avec ma famille et cette boule énorme dans ma gorge. Mais en fait je suis toute seule. Personne ne sait ce qui m'est arrivé. Tant que je garde cette histoire pour moi, personne ne peut m'aider. Je crache d'abord le morceau à ma petite sœur, sans crier gare. Elle encaisse. C'est rude.

Quelques jours plus tard, alors que je suis en train de naviguer toute seule sur un Laser (un petit voilier), je dessale comme une débile au milieu des parcs à huîtres, à un endroit où il y a très peu d'eau. Je me charcute salement les pieds. Le médecin me recouvre entièrement la plante des pieds avec des cataplasmes d'argile. Pendant les quarante-huit heures suivantes, je ne peux presque plus marcher. Concrètement, je n'ai rien d'autre à faire que de papoter sur la terrasse en faisant tremper mes pieds dans une bassine pour les désinfecter. Ce dessalage dans les parcs à huîtres est loin d'être anodin, il m'oblige à discuter longuement avec mes proches. Je parle de la pluie et du beau temps en mode pilote automatique, en feignant d'ignorer les hurlements dans ma tête qui me supplient de parler et de libérer le secret qui m'empoisonne. Mes pieds se foutent de ma gueule, ils savent que je ne tiendrai pas longtemps. Et en effet, j'abdique enfin et raconte tout à ma tante, qui a une dizaine d'années de plus que moi et dont je suis assez proche. Dans son regard, je lis beaucoup de haine et de colère contre les deux Mexicains. Beaucoup de compassion et un peu d'inquiétude pour moi. Mais surtout, je comprends que, pour elle, je n'ai pas changé. Je vois dans ses yeux, dans sa manière de me parler, la certitude que je vais m'en sortir, que c'est chaud mais que ça va le faire. Les fondations sont là.

Ma sœur et ma tante jouent le rôle de cobayes, je sais que le dire à ma mère ce sera pareil, puissance mille. Rien que d'écrire ce passage ça me refout des boules dans la gorge, exactement les mêmes. Je sais que je dois lui dire vite, je m'en veux d'avoir mis ma plus jeune sœur (sept ans nous séparent) quasiment seule dans le secret. Je vois que ça l'affecte énormément, je la retrouve en train de pleurer régulièrement, c'est trop lourd à porter, elle est traumatisée. Et ça me traumatise de la voir traumatisée.

Je quitte la famille pour me rendre au mariage d'une de mes meilleures potes d'Australie, dont je suis le témoin. Le matin du mariage, je me réveille avec toujours cette maxi boule dans la gorge qui me fait mal et qui me fait pleurer non-stop. J'hésite sérieusement à prendre ma voiture et à rentrer à la maison alors qu'on attend cette fête depuis un an. Je peux gérer un chagrin d'amour, je peux essayer de gérer les conséquences d'un viol, mais les deux en même temps c'est un peu costaud. J'arrive en mille morceaux au mariage. Miracle des copains. Rien que de voir leurs tronches, ça met l'explosion en pause. Place au champagne et au répit pour quelques heures.

La semaine suivante je pars en vacances avec des super potes de France. Je continue de les mettre au courant au fur et à mesure, au détour d'une discussion sur les toits de Bonifacio. J'arrête de leur mentir par omission, et certainement de me mentir à moi-même par la même occasion.

Dans l'avion qui me ramène à Paris, les boules dans la gorge reviennent puissance 10. C'est mécanique, dès que je mc rapproche physiquement de ma famille, j'ai des pastèques dans la gorge et des larmes qui débordent. Mon corps *sait* que je *dois* parler.

Dernier jour en France, je le passe avec ma mère et ma sœur. Toute la journée, je suis en sursis : « Dis-le à Maman, dis-le à Maman putain mais DIS-LE. » Et je ravale l'histoire, je me dis : je me laisse encore dix minutes. Encore quinze. Après le repas. Non après le café. Après la balade. Fin de journée, ma sœur s'en va et me fait jurer de parler. Je sais que je ne peux pas la laisser seule avec ce secret. Alors que je suis à nouveau coincée les deux pieds dans une bassine d'eau (les huîtres, c'est coriace), je finis par cracher le morceau. Je pleure. Je dis à ma mère qu'elle peut le dire à mon père mais que moi je n'en suis pas capable. Mon père rentre. On dîne rapidos, ils m'emmènent à Charles-de-Gaulle, on prend une bière, on fait un selfie où on rigole tous les trois, je passe les portiques de sécurité, je fais des grands coucous pour dire au revoir. Fin des vacances, fin du déni. C'est fait.

Impact à long terme – Post-déni

Après le choc émotionnel que j'ai eu en France, je décide de consulter une psy pour m'aider à digérer cette histoire. Je la verrai en moyenne une fois tous les quinze jours, entre octobre 2018 et mai 2019.

Je deviens très anxieuse et stressée. Je fais des cauchemars où les deux Mexicains m'espionnent avec des mini drones dans ma chambre. J'ai cette boule dans la gorge qui me fait hyper-mal. Je pleure beaucoup, sans raison.

En termes de vie sociale, parce que je refuse que tout le monde soit au courant (et c'est certainement la raison pour laquelle les viols sont des crimes si vicieux à gérer en tant que victime), je commence à décliner des dîners ou des verres, de peur de fondre en larmes devant des personnes dont je ne suis pas proche.

J'ai toujours été quelqu'un d'optimiste, marrant et joyeux. Après le viol, j'essaie de continuer à me comporter comme tel, mais le cœur n'y est plus. Parce que je lutte et je souffre, je ne peux plus comprendre comment les gens peuvent avoir des discussions légères, insignifiantes ou superficielles. Je deviens aigrie et rabat-joie. Je restreins le nombre de personnes que je vois, pour garder seulement celles qui me sont essentielles, qui savent ce qui m'est arrivé et qui tentent de me comprendre.

J'ai des disputes que je n'ai jamais eues avant avec certains de mes amis très proches qui, même s'ils connaissent l'histoire et essaient de se montrer conciliants, ne peuvent pas comprendre la manière dont je me comporte. J'essaie juste de me protéger et de me sentir mieux. Je me focus sur moi-même au lieu de me focus sur les autres, ce qui est inhabituel pour moi. Je suis en mode survie.

Je suis complètement perdue. Je me sens régulièrement comme une coquille vide, sans espoir. Avec le recul, je suis sûre que c'est directement lié au fait que j'ai été prise pour un objet. Parce que tu as été niée en tant que personne, tu perds ta personnalité. Il n'y a plus personne dans ta tête.

J'ai toujours adoré courir autour de Watsons Bay parce qu'il y a des falaises complètement magnifiques qui donnent sur l'océan. Pendant un certain temps, je décide de ne plus me rendre seule sur les falaises de Watsons Bay, parce que c'est un lieu connu pour le nombre de suicides qui y ont lieu chaque année, et je refuse de me mettre dans une situation où je pourrais ne serait-ce qu'y penser. Parce que je ne me fais plus confiance.

Je mets ma vie entière sur pause, j'attends le procès. Professionnellement, je stagne. Je me dis, c'est bon, c'est pas évident en ce moment, donc ne bosse pas trop, t'as besoin de te reposer. Par conséquent je perds toute motivation et la qualité de mon travail s'en ressent. Au lieu de bosser, je commence à aller faire de la voile trois fois par semaine, parce qu'il n'y a que sur l'eau que je me sens à peu près bien et relaxée.

Quand je parviens à me remotiver et à chercher un nouveau job, je réalise que le procès aura lieu quelques mois plus tard. Ça me stresse et je décide, au lieu de me trouver un nouveau job, de me prévoir un break de deux mois en France une fois que le procès sera terminé.

Un an après le viol, je quitte mon appartement et vends la totalité de mes meubles. Absolument tout. Je garde juste mon équipement de kitesurf et quelques fringues. Je pense que j'essaie de littéralement me débarrasser de tout ce qui m'entourait au moment du viol. Quitter mon appart et vendre ou donner mes meubles et mes affaires sont les moyens que j'ai trouvés pour supprimer le passé et la douleur qui va avec.

Au niveau sentimental, je suis incapable de commencer une quelconque relation, sérieuse ou non. Ce désert sentimental est partiellement (au minimum) lié au sentiment général de trahison déclenché par le viol.

Toute l'année, je me sens très en colère et peux faire preuve d'une agressivité disproportionnée en quelques secondes. Je me réveille avec une boule de rage dans le ventre, qui explose à la première contrariété. Comme si le monde entier était responsable de ce qui m'était arrivé.

Avec le recul et en regardant cette longue liste d'impacts psychologiques et émotionnels, ça me semble maintenant évident que j'ai souffert d'une sévère dépression après que mon déni a explosé.

J'ai également souffert du tabou général qui entoure la notion de viol. Je suis quelqu'un de communicatif, j'ai l'habitude de partager mes sentiments, pensées et états d'esprit avec les gens. Je suis également complètement incapable de mentir ou de prétendre que je vais bien si ça n'est pas le cas. Le problème est que ce n'est tout simplement pas acceptable socialement de raconter à tout le monde que tu t'es fait violer. Tu peux raconter au monde entier que t'as eu un accident de voiture ou que t'as une maladie grave (je ne compare pas les souffrances ici, j'en explique juste les différences en termes d'assimilation sociale). Tu ne peux pas dire que tu t'es fait violer, parce que tu ne veux pas être étiquetée comme une « fille à problèmes ». Et par conséquent, tu mens souvent par omission. Il y a une barrière invisible entre les gens qui ne savent pas ce qui t'est arrivé, et toi. Ce n'est pas de leur faute, mais ces personnes ne peuvent pas me comprendre si elles ne savent pas ce qui s'est passé dans les premières heures du 30 mars 2018. Et cette barrière, aussi invisible soit-elle, augmente le sentiment de solitude.

Aujourd'hui, 1er août 2019, ça fait 489 jours que je me suis fait violer. Si je devais résumer l'impact que ce viol a eu sur moi, je dirais qu'à un certain moment ça m'a tout simplement détruite et que je n'oublierai jamais. Cependant, aujourd'hui, j'espère que le pire est derrière moi. Je suis heureuse à nouveau, juste consciente que je ne suis plus la même personne qu'avant le 30 mars 2018.

7

Mardi 11 juin 2019

J-1 avant la date à laquelle je suis attendue pour témoigner au procès du mec qui m'a violée quatorze mois plus tôt. Comme toutes les veilles de, cette veille de procès se passe dans une ambiance irréelle. J'ai créé un groupe WhatsApp avec mes copines les plus proches, pour être sûre d'en avoir toujours au moins une avec moi pendant les trois ou quatre jours que va durer le procès (on ne sait jamais à l'avance combien de temps les témoignages, les plaidoiries et les délibérations vont prendre).

J'ai prévu d'aller bosser le matin et de rentrer peinarde à l'appart l'après-midi. Je reçois plusieurs coups de fil de la *witness support*, la personne qui est censée te soutenir, t'expliquer le déroulement du procès, s'assurer que tu viennes témoigner dans les « meilleures » conditions possibles, et que tu viennes tout court d'ailleurs (comprendre : te donner un jour, une heure, un lieu où te présenter, et quelques mouchoirs, on sait jamais).

Jusqu'à la veille du procès, je n'avais pas senti la pression monter. Ou peut-être était-elle montée progressivement et insidieusement. Le fait d'avoir la *witness support* au téléphone et de s'entendre raconter que le procès a commencé, qu'un juge s'est vu attribuer l'affaire, qu'un jury de douze personnes a été tiré au sort, et que les deux parties sont en train de mener une *legal dispute* (litige juridique) pour déterminer quelles preuves peuvent ou ne peuvent pas être prises en compte me précipite directement dans une tornade de stress. Après quasiment quinze mois d'attente, la machine est en marche.

La *witness support* et la *solicitor* me rappellent à plusieurs reprises pour changer l'heure à laquelle je dois me présenter et pour me préparer au fait que l'accusé aura du *support* avec lui, c'est-à-dire de la famille et des amis. Cette mise en garde a été comme un détonateur d'angoisse. L'idée que ce timbré puisse avoir des gens avec lui pour le soutenir, même si ça me paraît maintenant évident, me donne des boules dans la gorge et l'impression de manquer d'air.

Mon corps est en alerte maximale. Je pleure, je tremble, je relis ma déposition, je pars m'acheter un spray antistress et me faire masser.

Je me couche tôt et dors très peu. Le procès, c'est demain, et je dois être à 9 h 30 au 17e étage du tribunal de Sydney pour témoigner.

Mercredi 12 juin

Le procès, c'est aujourd'hui.

Je me lève et pars courir pieds nus sur la plage et sauter dans les vagues pour tenter d'évacuer le stress qui monte. Je me douche, ma super pote Héloïse arrive à 7 h 30, ça me fait tellement plaisir de la voir débouler direct avec son grand sourire. Je m'habille comme pour un entretien, ça faisait longtemps que ça ne m'était pas arrivé. On se marre et on part prendre un petit déj' dans un café où Félicie et Charlotte nous rejoignent. Mes copines ont la patate de ouf, et moi j'ai un peu l'impression d'être dans un film. Je sais que la machine est lancée, je ne peux plus reculer, il va falloir y aller.

On part en Uber au tribunal. On arrive au rez-de-chaussée et là on tombe sur le *Crown prosecutor*, Jack, qui me reconnaît direct. « Jeanne ! » Il ressemble à un gros nounours, il a des yeux bleus tendres et rieurs, il m'a tout de suite inspiré confiance quand je l'ai rencontré pour la première fois la semaine d'avant pour qu'il me briefe sur le déroulement du procès. Je présente mes copines à Jack, et il nous embarque avec lui direct au 18e étage, parce qu'il ne veut pas qu'on tombe sur le Mexicain et sa famille, qui doivent déjà attendre au 17e.

On se retrouve dans une salle. Charlotte, Héloïse, Félicie et Gabbi sont là. Jack nous donne quelques *updates* techniques. Il m'annonce qu'une des preuves accablantes (enfin, selon moi) contre le Mexicain ne pourra pas être utilisée pendant le procès.

Pour plus de clarté sur l'intérêt de cette preuve, il me semble important de revenir sur les messages envoyés par Luis une dizaine de minutes après que j'ai précipitamment quitté son appartement en l'informant que j'allais chez les flics, dans la nuit du 29 au 30 mars 2018 :

Luis à 3 h 47	*Jeanne I didn't understand what you were saying. Hope to see you soon. I had a great night.*
Moi à 3 h 48	*i* (sic) *know it wasn't you the last time. Then i* (sic) *opened the door and saw two guys. I perfectly knownot* (sic) *was not you.*
Luis à 3 h 51	*I don't understand. My friends were just arriving when I went to the bathroom.*
3 h 52	*I don't know where you got the idea that it wasn't me.*
3 h 52	*I hope to see you soon and have a great night.*

Dans sa réponse, Luis me fait clairement croire que c'était bien lui avec moi dans la chambre. Or, les analyses ADN prouveront par la suite qu'il y a bien eu rapport sexuel avec le second Mexicain. Donc il y a *forcément* l'un des deux (au moins) qui ment.

Revenons au matin du 12 juin, dans cette salle du 18e étage du tribunal avec ma garde rapprochée de copines et Jack. Ce dernier m'annonce que les messages envoyés à partir de 3 h 51 (c'est-à-dire précisément ceux dans lesquels Luis essaie de me faire avaler que c'était bien lui avec moi dans le lit, et qui sont par conséquent en contradiction avec les analyses ADN) ne pourront pas être mentionnés pendant le procès. La raison : ils ont été envoyés par Luis, et Luis n'est pas présent pour expliquer dans quel contexte il a écrit puis envoyé ces messages. Il est rentré au Mexique et n'est pas revenu à Sydney pour témoigner au procès dans lequel son propre frère est inculpé pour viol. On ne m'a pas expliqué la raison de son absence, mais je soupçonne fortement qu'il ait eu peur d'être à son tour poursuivi s'il revenait sur le sol australien pour complicité de viol. Parce que c'est quand même sacrément évident. Et si en plus son absence permet à la défense de censurer l'une des preuves clés du dossier, c'est encore mieux.

Cette décision de « censurer » les messages de Luis a été prise au terme d'une *legal dispute,* c'est-à-dire un litige entre l'avocat du Mexicain et l'avocat général. Je suis dans l'incompréhension totale, je ne conçois pas comment c'est possible que l'on puisse parler des messages qu'il m'a envoyés à 3 h 47 et pas de ceux envoyés quatre minutes plus tard. Je n'ai pas fait droit, donc je ne comprends pas, mais Jack m'explique (et plus tard la *solicitor* en rajoutera une couche parce que j'ai du mal à lâcher le morceau) que c'est tout simplement non négociable. On n'a pas le droit de parler de ces messages, point barre.

Jack n'a pas l'air plus affolé que ça par la « censure » de ces WhatsApp. Il me dit que le dossier est solide, même sans. Il m'explique que je n'ai absolument pas le droit de mentionner l'existence de ces messages au cours de mon témoignage, sinon le juge devra dissoudre le jury et on recommencera tout le *process* de zéro. Le message est clair.

Avec le recul, je pense que c'est mieux qu'on ne m'ait prévenue qu'au dernier moment que les messages de Luis allaient être censurés. Je m'étais toujours dit, depuis la nuit du viol, que j'irai jusqu'au procès si et seulement si j'avais des preuves tangibles contre le Mexicain.

Je voulais à tout prix m'éviter un procès « parole contre parole », me souvenant de celui de la touriste canadienne. Un cas typique où malgré les très nombreux indices accablants, les accusés continuaient de nier l'évidence : si si, la fille était consentante. Alors oui, on a changé notre version deux ou trois fois, notamment quand on a su que notre ADN avait été retrouvé au fond de son vagin et que son ADN à elle avait été retrouvé sur nos caleçons, OK on a supprimé les SMS (notamment le « *ça est une touseuse, dépêche* ») et l'historique des appels, ainsi que les photos et les vidéos qu'on avait sur nos téléphones, et puis on a aussi fait un grand ménage à l'eau de Javel sur la scène du crime. Mais on voit pas le rapport, on vous promet que la fille était consentante !

Le problème, c'est que, dans cette affaire, aucun des indices pris isolément ne constitue une preuve. La nana avait par conséquent subi un enfer pendant son procès. J'ai pleuré en lisant le réquisitoire de l'avocat général[1], j'ai lu *tous* les articles que j'ai trouvés sur le sujet. Et je m'étais dit, je ne veux pas de ça. Je refuse catégoriquement de souffrir comme la Canadienne a souffert, même si elle a fini par faire condamner les mecs en appel (et franchement, admiration totale). Donc soit j'arrive avec des preuves tangibles, soit tant pis, je lâche l'affaire.

Et pour moi, les deux preuves tangibles qu'on avait et qui ne fonctionnaient pas l'une sans l'autre, c'était primo, le test ADN pour prouver qu'il y a bien eu rapport sexuel, et deuzio, le message de Luis qui me dit que je me fais des films. CQFD.

Et là, le jour même du procès, quinze minutes avant d'aller témoigner, on me prive de ce message que je considérais comme un pilier du dossier. Mais PUTAIN, c'est QUOI cette BLAGUE ? Hé ho les gars, je fais comment maintenant pour prouver que j'étais pas consentante ?

Bon du coup, maintenant que je suis là, sapée comme jamais, avec les copines et Jack, message ou pas message,

1. Extraits du réquisitoire prononcé par Philippe Courroye le 30 janvier 2019, après trois semaines d'audience, disponibles sur le compte Twitter de la journaliste Marie Barbier.

OK c'est bon je vais aller témoigner. Mais putain sur l'échelle de l'énervement et du stress, de 1 à 10, je suis à 950 (minimum). Je me suis fait voler ma preuve bordel.

Jack nous emmène toutes les cinq au 17e étage et nous installe dans une autre petite salle, où Kim (la *solicitor*, en quelque sorte l'assistante de Jack) nous rejoint. Je tombe sur Ben, le *detective* qui s'est occupé du *case* depuis le début. Celui qui m'a récupérée au commissariat quand je suis sortie de l'hôpital et avec qui je suis en contact depuis. Celui qui est allé arrêter le Mexicain dès le lendemain et qui s'est occupé de collecter toutes les preuves possibles et imaginables (messages WhatsApp, enregistrements de vidéosurveillance, reçus Uber...). Il me salue, je suis contente de retrouver une tête familière supplémentaire.

Jack et Kim partent s'installer dans la salle d'audience. Kim doit revenir me chercher d'une minute à l'autre. On reste avec Charlotte, Félicie, Héloïse et Gabbi dans la petite salle. Je vais pisser toutes les trois minutes, j'ai mal au ventre et le cœur qui bat à 3 000 à l'heure. On met toutes nos bras en V avec les filles, parce qu'on a vu un *TED Talk* d'Amy Cuddy qui explique que grosso modo pour être une winneuse, il faut utiliser un *body language* de winneuse, et donc mettre les bras en V comme quand Usain Bolt pulvérise le record du monde du 100 mètres. Testostérone (l'hormone du *power*) *up*, cortisol (l'hormone du stress) *down* ! Allez meuf, tu vas le faire.

Kim arrive, elle emmène Charlotte et Félicie, les deux seules copines autorisées à assister à mon témoignage, vu que pour je ne sais quelle raison je témoigne à huis clos. Elle revient quelques minutes plus tard pour me dire que c'est maintenant, on y va. Je regarde Gabbi et Héloïse pour choper un peu de courage dans leurs yeux une dernière fois, et *go* je sors de la petite salle. Mon cœur se balade dans toute ma poitrine. Il y a dix mètres à franchir avant d'arriver dans la salle où le procès va se jouer. Je longe une rangée de chaises. Ben le *detective* est assis sur l'une d'elles et me fait un signe d'encouragement. Il y a un couple d'une bonne cinquantaine d'années au bout de la rangée tout près de la porte, je comprends que ce sont les parents du Mexicain. Ni Ben ni les parents du Mexicain ne sont autorisés à être dans la salle au moment où je vais témoigner. Je pousse la porte. *Go* meuf.

Je traverse la salle, passe devant le jury de douze personnes, huit femmes et quatre hommes, et me dirige vers le box des témoins, près du juge. Ce dernier porte une perruque blanche et une espèce de robe de chambre rouge. Une dame me fait prêter serment. Je décline mon identité et jure de dire toute la vérité, rien que la vérité.

Je m'assois dans mon box et regarde l'assemblée. Tout à gauche, les douze jurés. En face, au premier rang, il y a d'un côté Jack et Kim (pas loin des jurés), et de l'autre, l'avocat du Mexicain ainsi que ce que j'imagine être son assistant. Jack et l'avocat du Mexicain portent également des perruques blanches et des robes noires. Et derrière son avocat, entre son interprète et une autre nana, dans son costume du dimanche, avec ses cheveux gominés et sa gueule d'enfoiré, droit comme un I, il y a le Mexicain. C'est la première fois que je le vois à la lumière du jour (ou plutôt des mauvais néons du tribunal). La nuit du viol je n'avais pas eu le temps de voir sa gueule, puisque pendant qu'il me violait il tournait tout le temps la tête (pour pas que je me rende compte que les mecs avaient switché justement) et qu'ensuite il avait couru vers la porte.

Et puis derrière, il y a Charlotte, Félicie, et tous leurs *eye contacts* qui me disent *go go go*, Jeannou, on est là.

Le juge me prévient que si j'ai besoin de m'arrêter et de prendre un break pendant que je témoigne, je peux le faire à tout moment. Je dis OK.

Jack commence par me faire raconter mon histoire, c'est l'*examination*. C'est relativement facile, il m'aide en me posant des questions auxquelles je réponds. On déroule donc les évènements, des premières bières du jeudi soir jusqu'à mon arrivée à la *police station* au milieu de la nuit.

Ça se passe plutôt bien, je raconte ce qui m'est arrivé avec des mots simples mais précis. À un moment, l'avocat de la défense nous interrompt pour faire une objection. Quand les avocats ont des objections à faire, ils s'adressent directement au juge. Je suis surprise par cette interruption et je ne comprends pas tous les termes qu'il utilise. Quand il a terminé, je me tourne vers le juge d'un air interrogateur, l'air de dire c'est quoi son problème à l'autre abruti en perruque. Le juge me regarde avec un sourire et me dit : ne mentionne que des faits et essaie de ne pas mettre d'affect dedans. *No feelings, just facts.* Il hausse très légèrement les sourcils en m'expliquant ça, l'air de dire : « Désolé de te demander ça, c'est l'autre qui râle donc j'ai pas le choix. » Je réponds « ah, OK » en écarquillant un peu les yeux, sous-entendu : ça va je suis pas non plus en train de me rouler de douleur devant tout le monde. Je crois que j'étais juste en train de raconter que j'étais choquée en marchant vers le commissariat quand l'avocat a fait son objection. Ça me rassérène de croiser le regard du juge, je m'accroche à son sourire d'encouragement et à la lueur de malice que je crois bien y avoir décelée, et je finis de dérouler mon histoire.

C'est maintenant au tour de l'avocat du Mexicain de m'interroger pour ce qu'on appelle la *cross-examination.* Il va me poser des questions, et son but est de montrer que je mens, que je ne suis pas fiable ou encore que je suis incohérente, afin de réussir à introduire le doute au sein du jury pour ensuite faire acquitter son client.

Jack m'a briefée à ce sujet la semaine d'avant. Il m'a dit : si tu ne comprends pas une question parce qu'elle est tournée d'une manière bizarre, demande à ce qu'elle soit reformulée. Il m'a aussi prévenue que l'avocat me proposerait sa version de l'histoire, et que si je n'étais pas d'accord je devais juste dire non.

L'avocat du Mexicain se lève et commence à m'interroger. Je sais que c'est censé être le moment le plus difficile du procès, donc je me tends un peu en me tournant vers lui. Je suis très calme et le regarde droit dans les yeux. Vas-y, mon coco, balance-moi tes questions.

Je ne me souviens pas de la chronologie exacte de tout l'échange, je vais juste retranscrire pêle-mêle les moments forts dont je me souviens.

Il essaie tout d'abord de me faire dire que la chambre n'était pas complètement obscure parce qu'il y avait des lampadaires à l'extérieur.

« Quand vous étiez sur le balcon en train de discuter avec Luis, vous avez vu la lumière des lampadaires dehors ? »

Comme je ne comprends (vraiment) pas où il veut en venir, je lui réponds :

« La question, c'est bien : est-ce que j'ai regardé les lampadaires quand j'étais sur le balcon ?

– Oui. »

Là je crois que je n'ai pas pu réprimer un haussement de sourcils. Je ne vois pas à quel moment, pendant la soirée, j'aurais pu avoir envie de m'intéresser au modèle des lampadaires qui surplombent les balcons.

« Non, quand j'étais sur le balcon, je discutais avec Luis et je lui montrais mon ancien appart qui était juste de l'autre côté de la rue, mais je ne faisais pas attention aux lampadaires. »

Je comprendrai plus tard que le but de cette question était de me faire dire que la chambre n'étant pas dans l'obscurité totale, je ne pouvais pas ne pas savoir qui était avec moi dans le lit.

Le moment le plus difficile et donc celui dont je me souviens le mieux, c'est lorsqu'il a sorti un message vocal dans lequel on m'entend parler.

« Vous dites que vous vous êtes endormie quelques minutes après que Luis vous a envoyé un message WhatsApp pour que vous ayez son numéro à 2 h 29 du matin, et qu'ensuite vous ne vous êtes plus réveillée jusqu'au moment où quelqu'un était sur vous. Vous en êtes sûre ?

– Oui.

– Donc vous nous dites bien que vous étiez endormie entre environ 2 h 35 ou 2 h 40, et jusqu'à environ 3 h 30 ?

– Oui, je dormais.

– Est-ce que vous vous souvenez d'avoir parlé de kitesurf avec Luis ?

– Je ne me souviens pas spécifiquement de la discussion, mais oui, je suis sûre qu'on a parlé de kitesurf à un moment dans la soirée, étant donné que je parle de kitesurf à quasi tous les gens que je rencontre.

– Et est-ce que vous vous souvenez d'avoir parlé d'un spot de kite au Costa Rica ?

– Pareil, je ne m'en rappelle pas spécifiquement mais c'est sûr que j'ai parlé du Costa Rica étant donné que je suis allée kitesurfer là-bas trois mois plus tôt.

– Et est-ce que vous vous souvenez que vous avez voulu laisser un message vocal à un ami de Luis qui était au Costa Rica à ce moment-là ?

– Non, je ne m'en souviens pas.

– OK, alors j'aimerais vous faire écouter un message vocal. »

Il se retourne vers son assistante pour qu'elle lance l'enregistrement. Ce dernier prend du temps à charger, il y a un flottement d'au moins trois ou quatre minutes. Ce qui est frappant, c'est le silence total qui règne dans cette salle de tribunal (et dans les salles de tribunal en général, j'imagine). D'habitude, dans les situations où un public observe et écoute des protagonistes s'exprimer, il y a toujours quelques personnes qui chuchotent, se dandinent, checkent leurs téléphones, regardent les mouches voler. Par exemple au cinéma, au théâtre ou même à l'Assemblée nationale (je ne suis pas une spécialiste de cette dernière, mais quand je vois des images, j'ai l'impression que c'est souvent le bordel). Là, dans la salle où se déroule le procès du Mexicain, les douze jurés sont comme des statues. Personne ne parle, personne ne se regarde, personne n'esquisse le moindre geste. Ils sont tous maxi concentrés et ne laissent échapper aucune réaction. 100 % focus.

Bref, je suis dans mon box en train d'attendre que la partie adverse réussisse à diffuser le message vocal qu'ils veulent me faire écouter. Je me demande ce qu'ils vont me sortir, j'ai un peu peur, je m'attendais à tout sauf à ça. Je regarde Charlotte et Félicie qui alternent les grands yeux interrogateurs et les clins d'œil rassurants.

L'enregistrement est enfin lancé. On entend Luis s'adresser à son pote au Costa Rica et lui dire que je suis allée faire du kite à Bahia Salinas. « *And now she's back.* » Et on m'entend rigoler derrière et répéter « Bahia Salinas », et me foutre de la gueule de Luis qui essaie de dire deux mots en français. « Mon ami. » On entend surtout que j'ai une voix un peu endormie, même si j'ai l'air insouciante et de bien rigoler. Le message dure dix secondes à tout casser.

L'avocat me demande si c'est bien moi que l'on entend sur l'enregistrement. J'acquiesce. Il précise que ce message vocal a été enregistré à 3 h 11. Alors que j'ai dit que je ne m'étais pas réveillée avant de découvrir le mec sur moi, et que le Uber de ce dernier l'a déposé à l'appartement à 3 h 20. Je réponds que c'est bien moi sur l'enregistrement mais que je n'en ai strictement aucun souvenir.

Je pense être restée relativement impassible, mais dans ma tête c'est la dégringolade. Je me dis, OK c'est terminé. C'est foutu. Il est en train de démontrer que je suis une menteuse, que ma déposition, c'est n'importe quoi. J'en viendrais presque à douter de moi-même, je me dis mais merde si ça se trouve j'ai vraiment dit au mec que j'étais OK pour baiser et je ne m'en souviens pas, et il est innocent du coup ! Mais très vite, cette pensée est balayée par le souvenir du type qui s'enfuit du lit dès que je me mets à hurler. Tu ne t'enfuis pas d'un lit si la nana que tu baises est consentante. Balayée également par le souvenir du message (dont je n'ai pas le droit de parler) dans lequel Luis me fait croire que c'était lui, alors qu'on a retrouvé l'ADN de son frère en moi. Donc arrêtons ce cirque.

Mais quand même, à ce moment-là, dans ma tête c'est fichu. 0,9 % des viols aboutissent à une condamnation aux assises. Nous y revoilà, la boucle est bouclée. Je me dis que ce sera un acquittement de plus, et que c'est tout, c'est comme ça. Que c'est quand même bien d'être allée jusqu'au bout, que le mec a déjà payé de toute façon, vu qu'il est en liberté conditionnelle, bloqué en Australie et qu'il a dû se ruiner en frais d'avocat.

L'avocat reprend sa *cross-examination.* Il me demande ce qu'il s'est passé une fois qu'on a eu « fini le sexe » avec l'accusé. Je lui explique que selon moi on n'a rien fini du tout vu que le mec s'est littéralement enfui quand il a réalisé que j'ai réalisé que c'était plus le même mec.

Et là l'avocat me sort « sa » version de l'histoire. Attention il faut avoir le cœur bien accroché.

Selon lui, Luis s'est levé pour ouvrir à son frère qui venait de rentrer en Uber avec trois ou quatre autres potes et cousins. Il lui a dit : « Je viens de coucher avec une nana deux fois, j'ai pas réussi à lui donner d'orgasme et j'en peux plus, elle en redemande, donc si tu veux, va la voir, propose-lui de baiser, peut-être qu'elle sera OK. » Genre le mec fait sa BA. Distributeur d'orgasmes.

Le frère arrive donc dans la chambre. Je suis allongée, j'ai les yeux ouverts, et on commence à discuter (tout cela, c'est selon la version du Mexicain, pour plus de clarté dans le texte je ne précise pas que c'est faux à la fin de chaque phrase, sinon on n'a pas fini). Et je lui dis : « *OK, let's have sex !* » Mais oui bien sûr c'est *open bar*, fais-toi plais' mon pote.

À ce moment-là, on fait quelques préliminaires – entre autres le Mexicain me met deux doigts, je lui dis que c'est douloureux et lui demande d'en retirer un. L'avocat m'a vraiment infligée cette phrase et ce degré de précision, *texto.* Mes yeux se sont écarquillés d'étonnement et de choc, et sûrement aussi d'une once d'amusement lié au ridicule de la déclaration. Cet avocat d'une cinquantaine d'années, avec ses lunettes, sa perruque, sa robe noire, qui me raconte une version non seulement fausse mais complètement pornographique de la nuit que j'ai passée, alors que je suis dans un box devant douze jurés, des avocats, un juge, un greffier. L'instant de surprise passé, je l'ai regardé avec un regard plein de mépris et de condescendance, genre « J'espère que t'es fier de faire le boulot que tu fais en ce moment même », et j'ai répondu non. Mais je dois avouer que ce n'était pas seulement de la surprise. Cette anecdote du doigt ne sort pas de nulle part, j'en garde un souvenir extrêmement vague, en revanche elle n'a pas eu lieu avec le second Mexicain mais avec Luis. Je ne m'en suis souvenue qu'après avoir terminé de témoigner. Ce qui veut simplement dire que Luis a raconté des « anecdotes » intimes à son frère, dans le but de rendre son témoignage plus crédible et au passage de tenter de me déstabiliser en énonçant des faits « à moitié » vrais. Bien essayé les mecs.

Reprenons donc la suite de la version de l'avocat. Après ces préliminaires, nous faisons l'amour, le mec termine plus rapidement que prévu, et il me dit : « *Sorry it was quick* » (du coup a priori pour l'orgasme c'est loupé, trop dommage), on discute encore un peu, puis Monsieur récupère son jean et son tee-shirt et sort de la chambre. Il tombe sur son frère et il discute avec lui en rigolant. Là je me lève, j'entrouvre la porte, je les vois rire, donc je suis furieuse parce que je pense qu'ils sont en train de se moquer de moi. Du coup je leur crie : « *Are you kidding me ?* », puis je m'en vais et trace chez les flics. C'est d'une logique imparable, quand quelqu'un m'énerve et se fout de moi, je vais direct au commissariat pour porter plainte.

Évidemment je ponctue chacune de ses phrases d'un non très ferme.

Non, je n'étais pas réveillée quand le second Mexicain est arrivé, j'étais en train de dormir. Et j'étais toujours en train de dormir au moment où il est rentré dans la chambre, puisque je ne m'en souviens pas.

Non, je n'ai jamais discuté avec le second Mexicain, et non je n'ai jamais dit que j'étais OK pour avoir une relation sexuelle avec lui.

Non, l'histoire des deux doigts n'a pas eu lieu avec le second Mexicain.

Non, on n'a pas discuté à la fin de la relation sexuelle (enfin, du viol), vu qu'il s'est enfui quand j'ai hurlé.

Non, il n'a pas pris le temps de ramasser son tee-shirt et son jean vu qu'il est parti en courant.

Oui, je me suis levée et j'ai entrouvert la porte pour voir qui était dans le couloir, j'ai vu deux mecs dont Luis, donc oui j'ai crié « *Are you kidding me ?* » parce que voir deux mecs en caleçon, c'était la preuve (s'il en fallait encore une) que les mecs avaient switché, mais non je n'ai pas entendu ce qu'ils disaient (même si j'avais entendu, je ne parle pas espagnol), et non je ne suis pas partie chez les flics parce qu'on se serait seulement foutu de moi, mais parce qu'on m'a tout simplement violée.

D'un coup d'un seul, la *cross-examination* s'est terminée. Le juge dit : c'est bon, t'es *good to go*. Et j'ai dit : ah bon ? L'air de dire, déjà ? Il m'a souri, il m'a dit oui. Je lui ai rendu son sourire et je me suis levée.

Pendant toute la durée du témoignage, j'ai eu l'impression d'être en quelque sorte sortie de moi-même et de me voir en train de parler dans ce tribunal. Je me disais, OK meuf ça fait quinze mois que t'attends ce moment, donc c'est maintenant. J'étais calme et déterminée. Je n'ai pas bégayé une seule fois alors que c'est quelque chose qui m'arrive fréquemment dans des moments de stress. J'avais une mission à remplir qui était de raconter précisément ce qui s'était passé et de répondre aux questions le mieux possible. C'était mon job. On m'avait prévenue que ce serait horrible. Sur le moment ça ne m'a pas paru horrible, j'étais simplement hyper-concentrée. Ça peut sembler *cheesy*, mais j'avais l'impression d'avoir une force avec moi que je n'ai pas en temps normal.

Je pense que ça m'a fait du bien de raconter cette histoire de manière officielle, devant un juge, des avocats, des jurés, devant le Mexicain. De leur infliger mon histoire en quelque sorte, de la même manière qu'on m'a infligé ce viol. C'est comme l'accouchement d'un truc dégueulasse après quinze mois de gestation de l'enfer. Et si je suis restée aussi calme, aussi concentrée, et que je ne me suis pas laissé décontenancer par les questions déstabilisantes de la partie adverse, ni même submerger par mes émotions, c'est juste que je savais que j'étais à ma place, en train de raconter le crime dont j'ai été la victime et que je le faisais pour moi, pour toutes les meufs de la terre et pour la société. J'étais la première surprise de ne pas avoir les larmes aux yeux ni de boule dans la gorge en racontant l'histoire et en répondant aux questions. Mon corps a dû comprendre que l'heure n'était pas aux émotions et qu'il fallait me laisser une trêve pour que je recrache toute l'histoire, dignement et sans ciller.

Le juge me remercie, je me lève et me dirige vers la sortie, Charlotte et Félicie sur les talons, je pousse les portes battantes, ça y est c'est terminé. J'ai fini ma partie du boulot. Et quel bonheur de tomber sur Gabbi et Juliette qui m'attendent à la sortie. On s'engouffre toutes les cinq dans une salle et on attend Jack. J'en reviens pas que ce soit fini et que ça se soit bien passé, au sens où au moins je ne me suis pas effondrée au milieu de mon témoignage (même si personne ne m'en aurait voulu). L'unique sujet de discussion avec les meufs tourne autour du message vocal. Jack arrive avec Kim et me dit que j'ai été au top. Il n'a pas l'air affolé par le message vocal. OK t'étais consciente à 3 h 11 (et encore il faut vérifier l'authenticité dudit message), et alors ça veut pas dire que dix minutes plus tard tu ne peux pas t'être rendormie. « Si c'est tout ce qu'ils ont en termes de défense, c'est nul. »

On part déjeuner avec Charlotte, Héloïse, Gabbi, Félicie et Juliette. L'ambiance est toujours un peu surréaliste. Une bouffe de meufs comme on en fait tant, on a du mal à imaginer qu'on est en plein milieu d'un procès pour viol et qu'on va passer notre journée avec des mecs à perruque dans des grandes robes rouges et noires.

On est de retour pour la suite. C'est au tour de la flic qui s'est occupée de moi au milieu de la nuit, juste après mon arrivée au poste, de venir à la barre. Elle s'appelle Daniela et elle avait été adorable. C'est hyper-rapide, elle raconte juste que lorsqu'elle m'a récupérée j'étais en larmes, les yeux bouffis avec plein de mouchoirs autour de moi. On montre aux jurés et aux deux parties des photos de moi prises à l'hôpital. Je vois la photo de loin, je me reconnais avec mon petit short jaune, mon pull gris hyper-ample, mes Puma bleues, mes cheveux ébouriffés et le visage rougi d'avoir pleuré un paquet de fois les heures précédentes.

Les deux détectives se succèdent ensuite à la barre. Ils racontent comment ils ont été mis au courant le 30 mars au matin qu'il y avait une suspicion de *sexual assault* dont il fallait qu'ils s'occupent. Je me souviens surtout du témoignage de Ben. Il a expliqué qu'ils s'étaient rendus à l'appartement dont je leur avais indiqué l'adresse quelques heures plus tôt. Ils l'ont trouvé tel que je l'avais décrit et conforme au plan que j'avais dessiné. Il est allé dans la chambre que je lui avais indiquée, la première sur la droite en partant du salon. Il a trouvé ma culotte par terre, celle que je n'avais pas eu le temps de récupérer dans la panique, lui avais-je expliqué. En la voyant, il a condamné la pièce et l'a déclarée « scène de crime ». Il a arrêté le second Mexicain et l'a informé qu'il était en état d'arrestation, et qu'il avait le droit d'attendre d'avoir un avocat avant de dire quoi que ce soit. C'était la première fois de ma vie que j'entendais les mots « scène de crime », « état d'arrestation », et la formule « vous avez le droit de garder le silence » ailleurs qu'à la télé. Ensuite, Ben a parlé des preuves qu'il a rassemblées tout au long de l'enquête : les messages WhatsApp envoyés par les Mexicains, les enregistrements de vidéosurveillance, les analyses ADN, etc.

C'est touchant de le voir témoigner. Non seulement parce que c'est la première personne que j'ai vue en rentrant de l'hôpital, mais surtout parce qu'on est restés en contact régulier pendant toute la période entre le viol et le procès. Dans les semaines qui ont suivi le viol, ça me faisait toujours très bizarre d'entendre sa voix au téléphone, une voix que j'avais connue dans la foulée d'une nuit d'enfer et qui forcément me catapultait dedans de force. C'était presque l'unique preuve tangible que tout cela n'était pas un mauvais rêve. Le numéro de Ben qui s'affichait, et cette voix que j'aurais reconnue de toutes les façons immédiatement, comme intimement liée aux

Mexicains, qui me demandait comment j'allais, si j'étais toujours d'accord pour poursuivre mon agresseur, et qui me donnait les dernières informations sur le *case*.

Le témoignage de Ben est le dernier avant de passer à la partie adverse. Il y en aura très peu à vrai dire : le Mexicain lui-même et un expert en système informatique pour parler de l'authenticité du message vocal diffusé juste avant.

Le Mexicain arrive à la barre. Il a une traductrice avec lui au cas où, mais selon son avocat il est capable de témoigner en anglais. Il s'installe dans le box. Cette fois, c'est son avocat qui commence à lui poser des questions pour lui faire dérouler sa version des faits. Et ensuite Jack procédera à la *cross-examination*.

Je suis assise au fond de la salle d'audience. J'ai mes quatre copines avec moi. Le mec commence à parler. Premier choc, j'apprends qu'il a vingt-six ans, soit cinq ans de moins que moi. Un bébé. Je ne sais pas pourquoi, je m'étais imaginé que le mec avait au moins mon âge.

Il commence à raconter *sa* version de l'histoire, attention les yeux.

Le Mexicain est arrivé à Sydney quelques jours auparavant afin de rendre visite pendant deux semaines à son frère Luis, qui y habite. Il passe la soirée du 29 mars avec son frère, son cousin Angel, son oncle et deux ou trois autres amis. Après être allés à la pizzeria, ils se font refouler de l'Ivy (une boîte) et atterrissent à la Soda Factory. C'est là qu'ils perdent Luis, qui rentre plus tôt que les autres avec une nana (moi). Le reste du groupe reste encore un peu puis termine la soirée au casino le Star, avant de rentrer avec un Uber qui les déposera à 3 h 20 du matin devant l'appart de Luis, à Bondi Beach. N'ayant pas les clés, ils appellent Luis pour que ce dernier leur ouvre. Une fois dans l'appart, Luis lui annonce qu'il vient de coucher deux fois avec une nana, qu'elle en redemande et que donc s'il veut il peut toujours aller tenter sa chance et proposer à la nana d'avoir une relation sexuelle avec lui. Il arrive dans la chambre, il me voit, j'ai les yeux ouverts et je regarde dans sa direction. On discute et c'est d'ailleurs à ce moment qu'il se rend compte que j'ai un accent français. Il me propose de faire l'amour, je dis oui. Jusque-là, rien de vraiment nouveau par rapport à ce que l'avocat m'avait « suggéré » au moment de mon témoignage et que j'avais pris soin de réfuter point par point.

C'est au moment où le Mexicain raconte les pseudo-préliminaires et l'acte sexuel que ça devient vraiment très difficile à entendre.

La seule issue de secours du Mexicain, c'est de prouver que j'étais consentante, et du coup il met le paquet en racontant en détail tout ce que je lui aurais fait avant l'acte en tant que tel. Il re-raconte l'histoire des doigts. Comment je l'aurais caressé, touché, déshabillé, embrassé, et lui de même. Je découvrirai plus tard qu'il prend bien garde de donner une version qui colle parfaitement aux résultats ADN, mais mec c'est un peu facile de raconter ta version une fois que t'as tous les éléments de l'enquête en main.

Je suis assise sur mon siège, au fond d'une salle sans fenêtres, en train d'écouter mon violeur raconter comment je l'aurais chauffé à blanc avant de lui enfiler une capote et de faire l'amour avec lui. Je suis dans un état second, littéralement. Charlotte à ma gauche et Gabbi à ma droite me broient les mains à chaque nouvel élément sordide lancé par le Mexicain. Je le fixe, je veux qu'il ait les couilles de me regarder en racontant ses mensonges avec force détails. Je ne vois que sa gueule, sa bouche qui bouge pour sortir ses insanités, ses mains croisées devant lui. Tout autour, ce n'est plus qu'un brouillard, comme quand on voit les mouches voler avant de tomber dans les pommes. Un brouillard de honte, de dégoût. Le mec est en train de raconter des conneries, de me salir pour sauver sa peau, comme si ça ne lui suffisait pas de m'avoir déjà salie en me violant pendant que je dormais. J'ai envie de vomir. Je suis tendue comme une arbalète. J'aimerais disparaître sous ma chaise. Je m'accroche aux mains de mes copines.

Et puis il y a cette toute petite voix au fond de moi qui me dit : mais meuf, si ça se trouve ce qu'il raconte c'est vrai, et c'est juste que tu ne t'en souviens pas. T'as été somnambule, fin de l'histoire. Et maintenant t'as un pauvre mec en face de toi, qui se bat contre une erreur judiciaire. Ce n'est ni la première ni la dernière fois dans cette histoire que j'entends cette petite voix de la culpabilité. Pour la balayer, je la prends à bras-le-corps et je la défonce, une fois de plus. Je l'ai déjà mentionné plus haut, je suis sûre de moi. Je n'ai jamais dit oui au second Mexicain. Et le fait qu'il tourne la tête pour me cacher son visage quand je reprends conscience, le fait qu'il s'enfuie en courant du lit, le fait que je voie deux mecs en caleçon discuter devant la porte de la chambre, le fait que Luis me mente, en direct puis par WhatsApp et se mette en porte-à faux avec les résultats ADN, sont des preuves *irréfutables* qu'ils ont clairement déconné.

La seule chose dont je ne suis pas sûre, c'est si ce viol a eu lieu alors que j'étais complètement endormie, ou bien si j'étais à demi consciente et que le Mexicain a profité de cet état pour se faire passer pour Luis, auquel cas il est possible que j'ai répondu « favorablement » aux préliminaires, pensant dans un demi-sommeil que j'avais affaire à « mon » Mexicain. Je me suis forcée à faire cet arbre des scénarios possibles, et tous arrivent à la même conclusion : jamais je n'ai donné un quelconque consentement pour avoir une relation sexuelle avec le second Mexicain. Le second Mexicain m'a violée, soit pendant que je dormais, soit en usurpant l'identité de Luis. Et en réalité, je suspecte un mix des deux. Je dors, on me réveille doucement en me faisant des câlins, j'y réponds dans un demi-sommeil, pensant que c'est Luis avec moi, jusqu'à ce que je me réveille complètement, ouvre les yeux et me rende compte que je ne connais pas le mec sur (enfin, dans) moi. Dans tous les cas, le second Mexicain était parfaitement au courant qu'il était en train de baiser une nana à qui il n'avait jamais parlé avant et qui était incapable de donner un consentement éclairé, soit parce qu'elle dormait tout simplement, soit parce qu'elle a cru, dans un demi-sommeil, avoir affaire au même mec qu'avant.

Bref, je suis donc dans la salle du tribunal en train d'écouter la version mensongère, pornographique et dégueulasse gracieusement offerte par le second Mexicain et de faire un sort à la petite voix qui me gave et qui me souffle en boucle que, peut-être, le mec dit la vérité. Mais jamais de la vie il dit la vérité, on redescend.

On en est au moment (de sa version, s'entend) où il a terminé de me « faire l'amour ». On discute, il s'excuse d'avoir été aussi rapide, ramasse ses fringues et ressort de la chambre. Là, il tombe sur son frère avec qui il « débriefe ». Il lui raconte l'« anecdote » des deux doigts, et Luis se marre en lui disant qu'il lui est arrivé exactement la même chose juste avant. Et il lui en raconte une autre ; sombre histoire de difficultés d'insertion dont je vous passe les détails, à laquelle Luis répond par un délicat : « Je déteste quand ce genre de truc arrive. »

Et là, toujours selon les dires du second Mexicain, nos deux compères sont tirés de leurs bavardages par moi, qui entrouvre la porte, un drap à la main pour me cacher, et qui crie : « *Are you kidding me ?* »

Selon eux, j'aurais hurlé cette phrase après avoir été piquée au vif en les entendant discuter de leurs ébats respectifs avec moi. Luis vient pour essayer de me calmer, je prends mes affaires, je m'en vais, Luis me suit dans la rue et il revient quelques minutes plus tard en disant à son frère qu'il ne comprend pas trop ce que j'ai, que bizarrement je lui ai touché les épaules, et qu'il est bien embêté que je parte de manière aussi abrupte et énervée.

Ce à quoi le second Mexicain aurait sagement répondu : « Écoute, il est tard, tu l'appelleras demain pour savoir ce qui ne va pas. »

Ensuite, le second Mexicain se serait brossé les dents, mis au lit et aurait posté une photo sur Instagram afin de clore cette magnifique journée. J'espère qu'il a récolté un max de *likes*.

Ceci est donc la version officielle du Mexicain, qu'il a déroulée tel du papier à musique en répondant aux questions que lui posait son avocat. Déjà, de base, on est d'accord, bonjour la version… Non seulement elle est fausse, mais surtout elle est dégueulasse. Au-delà des mensonges, je suis atterrée par le fait que le Mexicain ait l'aplomb de raconter ça devant ses propres parents, qui ont fait le déplacement pour soutenir leur fils. Je n'ose imaginer l'état de la mère, non seulement présente au procès pour viol de son rejeton, elle doit en plus en subir les anecdotes pornographiques plus vraies que nature et constater tristement que ses gamins se refilent les nanas entre eux pour les violer. Parce que je ne peux pas croire qu'elle soit assez stupide pour gober la version édulcorée qu'on vient de lui servir.

C'est maintenant au tour de Jack de procéder à la *cross-examination* de la version du Mexicain. Avec le recul, je parlerais plus de dézingage que de *cross-examination.* Comme si Jack avait pris un bazooka pour bombarder méthodiquement la version lunaire du Mexicain, à mon plus grand soulagement.

Là encore, je ne me souviens plus de l'ordre chronologique exact. Je vais juste retranscrire les moments marquants, qui je pense ont aidé les jurés à se forger une opinion.

« Alors, monsieur Rodríguez, on a retrouvé des messages WhatsApp dans votre téléphone, envoyés sur un groupe avec votre frère Luis et les autres personnes avec qui vous passiez la soirée. Après que Luis a envoyé un message pour prévenir qu'il était sur le chemin du retour avec une fille, vous avez répondu : « *Tasty ?* » Qu'est-ce que vous vouliez dire exactement par « *tasty* » ?

Je ne prendrai même pas la peine de retranscrire la réponse du Mexicain, tellement elle était vaseuse et peu convaincante, à base de « en espagnol, c'est pas vraiment la même signification ».

« Monsieur Rodríguez, vous dites que, lorsque vous êtes entré dans la chambre, miss Broucq était réveillée et qu'avant d'avoir une relation sexuelle vous avez discuté pour faire connaissance. C'est bien cela, vous avez discuté avant d'avoir une relation scxuelle ?

– Oui.

– De quoi vous avez discuté, vous vous rappelez ?

– Non.

– Vous ne pouvez pas me citer un seul sujet de discussion ?

– Non, je ne me souviens pas de quoi on a parlé.

– Donc, vous vous souvenez de sa position dans le lit quand vous êtes entré dans la chambre, vous vous souvenez d'avoir discuté, de lui avoir demandé d'avoir une relation sexuelle, vous vous souvenez des détails de la relation sexuelle, ensuite vous vous souvenez d'avoir ramassé vos habits, de vous être brossé les dents et de plein d'autres détails, mais vous ne vous souvenez pas d'un seul sujet de discussion avec miss Broucq ?

– Non.

– OK. »

Là encore, sans commentaire.

Je ne me rappelle plus exactement quelle était la question posée, mais Jack a voulu interroger le Mexicain sur la fin du « rapport sexuel ». Et le Mexicain a commencé la phrase suivante : « Lorsque j'ai eu *terminé*… »

Et Jack l'a repris :

« Qu'est-ce que vous voulez dire par "vous avez terminé" ?

– J'ai joui.

– Qu'est-ce que vous voulez dire par "vous avez joui" ? Vous avez éjaculé ?

– Oui. J'ai éjaculé. »

Je ne sais pas pourquoi ça m'a marquée, que Jack force le Mexicain à utiliser ce mot. Un mot clinique, trash, moche. Comme si Jack disait au Mexicain : n'essaie même pas de nous faire avaler ta version pseudo-romancée. T'es accusé de viol, donc on va commencer par appeler un chat un chat, que ça te plaise ou non.

Quand la police est arrivée le lendemain matin, elle a trouvé le Mexicain qui dormait en sous-vêtements avec Luis dans la chambre de ce dernier, et les vêtements du Mexicain dans le salon. Selon toute vraisemblance, le Mexicain se serait donc déshabillé dans le salon pour arriver dans la chambre en sous-vêtements, ce qui corrobore le fait qu'on m'ait violée par « surprise » et qu'il n'y ait eu aucune rencontre ni discussion au préalable. Or, dans sa version, le Mexicain précise bien qu'il s'est déshabillé avec moi dans la chambre et que, après la relation sexuelle, il a pris soin de ramasser ses habits avant de sortir de la chambre et de les poser dans le salon, où il pensait dormir.

« Monsieur Rodríguez, vous dites que lorsque vous avez terminé la relation sexuelle avec miss Broucq, vous avez discuté et vous avez ensuite récupéré vos vêtements avant de sortir de la chambre. C'est bien ça ?

– Oui.

– Pourquoi est-ce que vous vouliez absolument sortir de la chambre ? Vous ne vouliez pas dormir avec miss Broucq ?

– Si, mais je savais que mon frère aurait été furieux si j'avais dormi dans son lit.

– Comment ça, votre frère "aurait été furieux" ?

– Il n'y avait qu'une chambre pour mon frère et moi. Donc si je dormais dans son lit, il aurait dû dormir dans le salon, dans lequel il n'y a pas de rideaux et dont le canapé est très inconfortable, et il aurait été très énervé contre moi.

– D'accord, donc vous vous dites, je vais aller dormir dans le canapé et laisser son lit à mon frère. Mais vous avez pensé à prendre vos habits avec vous, *really* ?

– Oui.

– Vous aviez peur qu'on vous les vole s'ils restaient dans la chambre ? Vous en aviez besoin ? Vous les avez remis ensuite ?

– Non. Je les ai juste pris sans réfléchir.

– Et ensuite, quand finalement vous êtes allé dormir dans la chambre parce que miss Broucq était partie, vous les avez repris avec vous ?

– Non.

– Et donc vos habits sont restés dans le salon jusqu'à ce que la police arrive le lendemain.

– Oui.

– Donc, bizarrement vous avez pensé à les prendre en sortant de la chambre, mais pas ensuite en y revenant... Est-ce bien la vérité, monsieur Rodríguez, ne serait-ce pas plutôt une version créée de toutes pièces pour coller avec les preuves ? »

À propos de la discussion que les deux frères ont eue dans les secondes qui ont suivi le viol :

« Monsieur Rodríguez, après avoir eu une relation sexuelle avec miss Broucq, vous sortez de la chambre et discutez avec votre frère, et vous racontez l'histoire du doigt et quelques détails sur les ébats qui viennent d'avoir lieu. *Really ?* Ça vous arrive souvent de discuter avec votre frère de vos ébats, et ce juste après qu'ils ont eu lieu ?

– Au vu des circonstances, oui.

– Mais quelles étaient ces circonstances, monsieur Rodríguez ?

– Mon frère et moi avons couché avec la même fille, la même nuit.

– OK. Merci, monsieur Rodríguez. »

Là encore, cette capacité qu'a Jack d'appuyer là où ça fait mal, juste en posant des questions, me fascine.

« Monsieur Rodríguez, vous dites que pendant la soirée vous avez bu tant de verres à tel endroit, puis tant de verres à tel autre, puis tant de verres à tel autre. Est-ce que vous étiez saoul ?

– Non, je n'étais pas saoul. J'étais *parfait.* »

J'ai senti toutes mes copines frémir au moment où le mec a lâché le mot « *perfect* ». On comprend ce qu'il a voulu dire, mais il aurait pu se contenter de : j'étais légèrement saoul mais en totale maîtrise de mes moyens. Même si chacun est présumé innocent avant que le verdict ne soit rendu, le mec est interrogé parce qu'il est accusé de viol, donc il n'est pas non plus là complètement par hasard. Il peut dire ce qu'il veut, mais la salle de tribunal dans laquelle il se trouve n'est à mon sens pas l'endroit optimal pour se définir comme « *perfect* ».

Je ne suis évidemment pas objective, mais j'ai trouvé l'attitude du Mexicain pendant tout le procès pourrie à chier. Je cherche un autre mot, mais je ne trouve que celui-là. Son air hautain et supérieur, la manière qu'il avait de répondre aux questions l'air de dire, je suis le plus malin, vous ne m'aurez pas avec vos questions nulles. Sa façon de répondre « *It's not* exactly *what happened* » à Jack, qui lui renvoyait un solide « *OK, so tell us what* exactly *happened, mister Rodríguez* ».

J'ai trouvé qu'il avait été extrêmement mal conseillé. À quel moment son avocat s'est-il dit que sa version tenait debout et qu'il pouvait tenter le coup ? À quel moment personne ne lui a expliqué : en fait, grosso modo, ton cas est sans issue, personne n'y croit, donc plutôt que de t'enfoncer dans ton mensonge devant tout le monde, juge, jurés, parents, passe aux aveux, reconnais les faits, libère-toi de cette version merdique, ta sentence sera divisée par deux et ce sera plus facile pour tout le monde. Pour la nana que t'as violée, qui sera soulagée de t'entendre reconnaître la vérité, pour tes parents, à qui tu n'infligeras pas un récit aux détails sexuels abjects, et accessoirement pour le système judiciaire qui pourra se concentrer sur d'autres affaires. Pour toi aussi, pour arrêter de te mentir à toi-même. T'as déconné, t'assumes.

Jack a donc terminé de dézinguer en bonne et due forme le Mexicain. On est mercredi soir, j'ai l'impression d'avoir vécu huit journées en une. On part boire des bières avec les filles pour décompresser. Inutile de préciser qu'on parle du procès et des témoignages en boucle. On se rappelle les moments marquants, on anticipe la journée du lendemain, qui vient, à quelle heure, qui nous rejoint plus tard. C'est bon d'avoir toutes les copines à 1 000 %.

Jeudi matin. Je me réveille avec une idée en tête : je ne comprends toujours pas pourquoi le message de

Luis ne peut pas être montré au jury. Pourquoi on a le droit de montrer celui envoyé par Luis quatre minutes avant, mais pas celui-ci. Alors qu'il est capital pour prouver la culpabilité du Mexicain. D'autant que si la partie adverse a le droit de diffuser un message vocal qui provient aussi du portable de Luis, ça n'a aucun sens de nous interdire à nous de montrer la totalité des WhatsApp. Il faut absolument que je trouve Jack avant que les témoignages ne reprennent à 10 heures.

J'arrive avec Charlotte une heure plus tôt et je le cherche partout. Charlotte redescend parce que les copines sont coincées en bas avec des cafés, je continue à chercher, je me dis naïvement que c'est le dernier moment où je peux encore changer l'ordre des choses et convaincre Jack que si, il faut montrer ce message coûte que coûte ; je refuse qu'il soit censuré, j'ai trop peur que le mec soit acquitté par manque de preuves, c'est dégueulasse, c'est révoltant, il faut m'écouter. J'ai une boule dans le ventre, l'heure tourne, la pression monte, je me mets à pleurer toute seule de stress.

Les copines remontent, les larmes s'arrêtent instantanément. Je finis par trouver Kim quelques minutes avant que le procès ne reprenne. Je lui explique mon problème. En vingt secondes elle met un point final à mes tergiversations : on ne *peut pas* utiliser ce message, pour des raisons légales très techniques, point barre. Si jamais on y a recours et que le mec est condamné, il aura alors ensuite la possibilité de faire appel et c'est la dernière chose que l'on veut. C'est comme ça, on n'y peut rien, on oublie ce message. CQFD. Déboutée de ma demande, je continue à trouver cette censure profondément injuste voire carrément dégueulasse, mais au moins j'aurai essayé de ramener ma preuve sur le devant de la scène jusqu'au dernier moment.

Nous revoici dans notre salle. Il reste encore le témoignage de l'expert en système informatique, qui donne son avis sur l'authenticité du message vocal diffusé par l'avocat du Mexicain et sur lequel on m'entend parler. Je ne m'éterniserai pas sur ce témoignage qui était très technique, tout simplement parce que je n'en ai pas compris la conclusion. À base de : peut-être que le message est authentique, mais peut-être pas. OK super.

Une fois que tous les témoignages sont passés, il reste la plaidoirie de Jack, qui va évidemment plaider pour que le Mexicain soit reconnu coupable. Puis celle de l'avocat du Mexicain, dont l'objectif est de faire acquitter son client. Puis un résumé du juge afin d'aider les jurés à y voir le plus clair possible.

Jack commence sa plaidoirie, on est jeudi, milieu de matinée. J'ai le souvenir de lui se battant comme un lion pour démontrer la culpabilité du Mexicain. J'ai rarement été reconnaissante envers quelqu'un comme je l'ai été envers Jack ce jour-là. Il connaissait le dossier sur le bout des doigts, chaque détail a été soigneusement décortiqué, analysé, pesé. C'était si bon, après quinze mois de cauchemars, de voir quelqu'un debout se battre bec et ongles pour faire condamner le mec qui t'a violée. J'étais tellement focus sur Jack que je n'ai même pas pleuré, contrairement à toutes mes copines qui me tenaient la main ce jour-là.

Je me souviens qu'il a commencé sa plaidoirie en parlant du message vocal WhatsApp, celui dont je ne me souvenais pas, en expliquant que, même si j'étais réveillée à 3 h 11, ça ne voulait pas dire que je l'étais toujours quinze minutes plus tard, et que chacun n'a qu'à se référer à son bon sens pour comprendre que, de temps en temps, quand on a une discussion au milieu de la nuit entre deux phases de sommeil, le lendemain on peut n'en avoir aucun souvenir. Que j'ai tout de suite reconnu que c'était moi sur le message, sans essayer de camoufler quoi que ce soit, mais que simplement je ne m'en souvenais pas.

Que le Mexicain dit avoir discuté avec moi avant de commencer l'acte sexuel, mais que c'est complètement incohérent qu'il ne se rappelle pas d'un seul sujet de discussion alors qu'on a bien vu que j'étais une « *chatty box* » (je me souviendrai toujours de cette expression), preuve en est le nombre de sujets de discussion que j'ai eus avec Luis au cours de la soirée : le kite, la moto, les vacances au Mexique…

Que je n'ai jamais, jamais, jamais changé ma version de l'histoire. Je suis sortie de l'appart en disant à Luis que ce n'était pas lui avec moi, je lui ai touché les épaules pour vérifier que ce n'était pas les mêmes que cinq minutes avant, sur le chemin vers le commissariat, j'ai envoyé un message à Gabbi en lui racontant exactement ce qui s'était passé, puis à Luis en lui disant exactement la même chose. Puis aux flics, puis aux médecins, puis de nouveau à Ben, ma version a toujours été rigoureusement identique.

Que le Mexicain essaie de nous faire croire qu'il s'est comporté comme un *lover*, mais quel est le genre de mec qui se barre d'un lit juste après avoir joui, qui va raconter les détails de ses ébats dans les minutes qui suivent à son frère ? Qui partage ses conquêtes avec son frère tout court ?

Que le Mexicain nous donne une version bancale, créée de toutes pièces pour coller avec les indices récoltés au cours de l'enquête. La moindre trace de son ADN retrouvée sur mon corps est interprétée comme une preuve de préliminaires. Trop facile. Les vêtements du Mexicain laissés dans le salon ? Si si, il s'est déshabillé dans la chambre avec moi, ensuite il a repris ses affaires pour les ranger dans le salon car il pensait y dormir, et il ne peut pas dormir sans son jean à moins de deux mètres. Bien sûr.

La raison pour laquelle j'ai quitté l'appartement précipitamment ? Parce que j'ai cru qu'ils se moquaient de moi en racontant leurs ébats. Logique.

Le fait que les Mexicains n'aient rien rangé ni camouflé dans l'appart entre le moment où je suis partie et le moment où les flics sont arrivés le lendemain matin, que le second Mexicain prenne le temps de tranquillement poster une photo Instagram de son frère et lui en train de poser devant l'Opéra, et qu'ils soient encore en train de faire une grasse matinée au moment de l'arrivée des flics ? C'est bien la preuve qu'ils n'ont rien à se reprocher ! Certainement. C'est pas plutôt qu'ils se sont dit qu'ils étaient au-dessus des lois, que j'allais rentrer chez moi en pleurant et que jamais j'aurais les couilles d'aller chez les flics ?

Que le Mexicain ment et qu'il demande donc au jury de le reconnaître coupable de viol.

Jack finit sa plaidoirie. De notre côté, les dés sont jetés. C'est au tour de l'avocat du Mexicain de tenter d'instiller le doute au sein du jury. Il se lève et je sens les regards de haine que lui jette ma rangée de potes.

Je me souviens qu'il commence par parler du message vocal. Que, selon lui, si l'accusation a passé autant de temps à leur expliquer que ce message était insignifiant, c'est justement qu'il ne l'est pas, sinon elle n'en aurait tout simplement pas parlé. Il explique que, si j'étais réveillée à 3 h 11, alors j'étais aussi certainement réveillée quelques minutes plus tard, et donc si on s'accorde sur le fait que j'étais consciente et non endormie au moment où le Mexicain rentre dans la chambre, alors toute l'accusation s'écroule.

Que la chambre n'était certainement pas plongée dans l'obscurité totale, vu qu'il y avait un lampadaire juste à côté du balcon. Et que du coup je pouvais parfaitement voir qui était avec moi dans le lit.

Que le Mexicain est venu témoigner à la barre pour donner sa version des faits alors que rien ne l'y obligeait (il n'y a que moi, en tant que *first witness*, qui était tenue de témoigner), preuve de sa bonne foi et de sa volonté de rétablir « sa » vérité.

Qu'à aucun moment le Mexicain ne s'est comporté comme quelqu'un qui a potentiellement commis un crime. Quand Luis lui a fait part de sa perplexité quant au fait que j'étais partie énervée et bouleversée, il a juste dit « Il est tard, tu l'appelleras demain », sans plus paniquer. Le lendemain, quand la police s'est présentée vers 9 h 30 chez eux, tout le monde dormait encore, preuve de la totale insouciance qui régnait alors dans l'appartement. Rien n'avait été rangé ou camouflé pour présenter une certaine version de ce qui aurait pu se passer.

Que le Mexicain a un casier judiciaire vierge.

Que j'ai changé le nombre de verres que j'ai bus dans la version que j'ai donnée au commissariat puis à l'hôpital, preuve que je suis *unreliable*, pas fiable, (il doit y avoir un ou deux verres d'écart entre les versions que j'ai données – ne me demandez pas pourquoi, je n'en sais rien).

Que s'il y a le moindre doute quant à la culpabilité du Mexicain dans cette affaire, alors il doit être déclaré non coupable.

Grosso modo, c'est le résumé de la plaidoirie de l'avocat du Mexicain. Il y a une pause juste après la fin de celle-ci. Les douze jurés se lèvent et quittent la salle. Une fois qu'ils sont partis, le juge discute un peu avec les avocats des deux parties pour savoir s'ils ont des questions. Le public (c'est-à-dire, côté Mexicain, les parents, l'oncle, et parfois une femme que j'imagine être sa sœur ; de mon côté, quatre ou cinq potes dont un mec) est toujours assis.

Et là, Jack soulève soudain le point qui me tracassait. Il dit au juge qu'il est embêté parce que, dans sa plaidoirie, l'avocat du Mexicain a beaucoup insisté sur le message vocal en concluant que, si j'étais consciente, alors j'étais également consentante. Ce qui est totalement faux. Comme expliqué plus haut, il est tout à fait possible que je ne sois pas *totalement* endormie au moment où le Mexicain est rentré et que je n'aie pas opposé de résistance en pensant que c'était Luis qui était avec moi (et comment imaginer le contraire). Or, ce que l'avocat du Mexicain a dit, c'est très différent : si elle était consciente au moment où le Mexicain est entré dans la chambre, et sachant qu'elle l'était quelques minutes plus tôt, alors le viol n'est pas caractérisé et n'a pas lieu d'être. Et je suis d'accord avec Jack, c'est un peu rapide comme analyse. On n'est pas forcément totalement endormi ou totalement réveillé.

Ça m'a forcément fait peur que Jack évoque ce point. Je me suis redit, c'est fichu. Surtout quand le juge a répondu : « Oui, je vois ce que tu veux dire, mais du coup que veux-tu que je fasse ? »

Je les laisse débattre, de toute manière je ne peux rien faire. On sort et comme d'habitude on s'installe dans une petite salle avec mes potes en attendant Jack et Kim. L'ambiance est toujours bonne mais la plaidoirie de l'avocat du Mexicain a semé la zizanie jusque dans l'esprit de mes copains. Non pas qu'ils doutent de moi, mais ils réfléchissent à l'impact de cette plaidoirie sur le jury. On se rappelle les grands axes, les moments forts, les éléments qui lui font marquer des points. Jack arrive, il hallucine sur le fait qu'on est tous les jours un peu plus nombreux et que je suis si bien entourée. Je me marre parce qu'il s'adresse désormais directement à Charlotte quand il arrive, en lui demandant « Alors ? T'en as pensé quoi ? », rapport au fait qu'elle a posé pas mal de questions dans les *meetings* précédents. On me demande mon avis, mais j'ai pas grand-chose à ajouter. De toute manière, à ce stade du procès les dés sont vraisemblablement jetés. J'ai juste envie d'avoir le dénouement le plus vite possible et qu'on puisse arrêter de passer nos journées dans la même salle que ce connard de Mexicain.

Vingt minutes plus tard, on y retourne. Le juge résume les torts dont est accusé le Mexicain, puis énumère les éléments à charge et à décharge. Il ré-explique la définition d'un viol (la même qu'en France : une pénétration sans consentement) et celle du consentement. Rien de très nouveau. Un détail qui m'a marquée, c'est lorsqu'il a dit au jury : « Ne jugez pas juste la plaignante et la personne accusée, réfléchissez à cette affaire d'un point de vue de la société dans son ensemble. Au-delà de la personnalité de l'accusé et de la plaignante, lorsqu'un cas comme celui-ci arrive, comment la société devrait-elle réagir ? » Ça me rappelle que ce procès, je le mène pour moi, pour m'aider à surmonter cette épreuve, parce que je pense sincèrement que, même si c'est difficile, ça fait partie intégrante de la cicatrisation. Mais je le mène aussi pour les femmes et la société en général. Parce que les mecs qui baisent des nanas pendant qu'elles dorment, ça commence à bien faire.

Le *final summary* du juge est terminé. Il envoie le jury en délibération. On est jeudi, il est 13 h 30. On part manger un gros burger avec Baptiste, Charlotte et Jade. Lorsque le jury aura terminé de délibérer, je recevrai un appel, soit de Kim, soit de l'un des flics, et on aura environ dix minutes pour arriver au tribunal et écouter le verdict.

On se doute que le jury ne prendra pas de décision l'après-midi même (le tribunal ferme à 16 heures), mais dans le doute je mets mon portable en mode extérieur avec le volume au maximum et on part se promener dans le coin avec Charlotte. À 16 heures, *no news*, on rentre. Je la dépose chez elle en scooter et rentre à la maison. Je me pose et j'explose. Toutes les plaidoiries tournent dans ma tête. Les messages et les coups de fil des potes me bouleversent.

T'as grave assuré. Tu peux être fière de toi. Quoi qu'il arrive tu as gagné. La décision c'est aléatoire et ça ne changera rien sur le fait que la vérité est maintenant super claire pour tout le monde. Le reste c'est de la technique judiciaire.

Tu es hyper hyper-courageuse. Je suis très fière de toi et de t'avoir comme amie. C'est grâce à des filles comme toi que le monde change en bien. Et aujourd'hui quel que soit le verdict, c'est un pas de plus vers l'égalité homme/femme et la fin de la culture machiste. Tu nous auras montré qu'il faut se battre pour ses convictions coûte que coûte, ne jamais accepter les offenses et toujours se rebeller.

Tu auras fait tout ce que tu pouvais toi en tout cas, et la tête haute, c'est ça qu'il faudra que tu retiennes… et ce connard vivra avec sa culpabilité toute sa vie donc dans tous les cas il s'est gâché la life (je sais que c'est plus compliqué que ça pour toi mais j'espère que tu pourras vite « oublier » cette histoire).

Je suis comme prisonnière de ce tribunal. Je ne peux pas ne pas y penser. Je repense aux quarante-huit dernières heures, je pèse le pour, le contre, je me demande si le verdict sera rendu demain ou la semaine prochaine, auquel cas je serai en sursis pendant tout le week-end et peut-être même plus longtemps.

Je crée des scénarios dans ma tête et essaie de les visualiser pour me préparer. Pire des cas, le Mexicain est acquitté. Je n'y peux rien, j'ai fait mon maximum : j'ai traîné le mec au tribunal, il s'est ruiné en frais d'avocat, ça fait quinze mois qu'il est coincé en Australie alors qu'il était venu pour des vacances de quinze jours, il a été forcé de raconter une histoire dégueulasse à dormir debout devant ses propres parents, il ne doit pas être fier. Même s'il n'est pas reconnu coupable, je me console en me disant que normalement il n'est quand même pas près de recommencer, ce qui est le principal. La seule chose qui m'angoisse si le mec est acquitté, c'est que, vu son comportement, je *sais* qu'au moment du verdict, il va se retourner vers moi et me lâcher un vieux sourire en mode : t'as vu je t'ai bien niquée, et une deuxième fois.

Et je me mets à la place du jury. Franchement à leur place, oui ce serait bien clair dans mon esprit que le

Mexicain est un gros connard, cependant a-t-on assez de preuves pour le déclarer coupable et l'envoyer en prison ? Pas sûr. En ayant l'info du WhatsApp censuré (envoyé par Luis) qu'ils n'ont pas, oui c'est complètement évident que le mec est coupable, et le jury aurait eu besoin de trois minutes chrono maximum pour rendre son verdict sans l'ombre d'un doute. Sans ce message en revanche, même s'il y a tout un faisceau d'indices qui crèvent les yeux, il n'élimine pas 100 % du doute. Chacun des indices n'est pas suffisant pour prouver la culpabilité du mec, c'est l'ensemble qui fait pencher la balance du côté de la culpabilité.

Je m'endors, incertaine et angoissée, en espérant que le verdict sera rendu dans les prochaines heures, le vendredi.

Pendant cette période d'incertitude, un élément dont je n'ai pas mesuré la potentielle force, mais qui me crève désormais les yeux, c'est que Luis, le premier Mexicain, propre frère de l'accusé, n'est pas présent pendant le procès. Ton petit frère est accusé de viol, il risque de partir en taule, t'étais là, dans le même appartement la nuit où le supposé viol a eu lieu, t'as un rôle essentiel dans la version avancée par l'accusé, et tu ne prends même pas la peine de venir témoigner pour le défendre et le soutenir ? Tu le laisses se débattre tout seul comme un con ? La seule raison plausible pour laquelle Luis n'est pas venu défendre son frère, c'est que s'il était venu, on aurait pu montrer son WhatsApp, qui prouve noir sur blanc le non-consentement. Les membres du jury ne sont certes pas au courant de cette histoire de WhatsApp censuré, mais ils se sont forcément posé la question de l'absence du frère de l'accusé à l'audience, alors qu'il est un témoin capital. Il brille littéralement par son absence. Si les Mexicains n'avaient rien à se reprocher, Luis aurait forcément fait le déplacement pour le défendre. Voilà ce qu'ont dû se dire les jurés. On ne laisse pas son petit frère se faire condamner par un tribunal lorsqu'on sait qu'il est innocent. On prend un avion, on vient témoigner et appuyer la version de la défense. Luis ne l'a pas fait, il est resté planqué au Mexique. L'expression « Les absents ont toujours tort » n'a jamais été aussi vraie. CQFD.

8

Vendredi matin. Comme d'habitude, je retrouve Charlotte, fidèle au poste. Cette fois-ci on s'installe dans un café à une centaine de mètres du tribunal, pour être prêtes à sprinter dès que le jury aura terminé de délibérer. En attendant, on prend des cafés, on papote, on lit des magazines débiles et on parle des nouvelles dents de Didier Deschamps. Ambiance surréaliste, mon cœur s'arrête de battre dès que mon téléphone émet le moindre son. On attend d'être délivrées de notre prison d'incertitude.

10 h 30. Mon téléphone sonne. Le nom de Kim, la *solicitor*, apparaît. Je décroche, Kim me dit juste : « Le jury a appelé, ils ont terminé de délibérer. » Je commence à marcher direct en oubliant de payer les derniers cafés, Charlotte me suit en jetant des pièces au serveur. On tombe sur Kim en chemin, on marche hyper-vite. Elle me dit de me préparer au pire, on se met à courir pour

arriver à temps. On prévient toutes les autres copines que ça y est, le verdict va être rendu. On s'engouffre dans l'ascenseur. Je me fous un pschitt d'antistress sur la langue. J'ai le cœur qui bat à 5 000 à l'heure. C'est bientôt fini.

17e étage, on sort de l'ascenseur en courant, on se précipite dans la salle du tribunal et on s'assoit sur les premiers sièges qu'on trouve. L'un des jurés est déjà debout au micro, en train d'écouter le greffier résumer les chefs d'accusation. Je regarde l'une des jurés droit dans les yeux, elle me répond par un sourire. Et à ce moment-là, je suis quasi sûre. Quasi sûre qu'il va être reconnu coupable. Le greffier a fini de résumer le chef d'accusation. Le juré approche sa bouche du micro. Le Mexicain est debout quelques mètres devant moi, il fait face au juge et me tourne le dos.

Guilty.

Le mot résonne. On est cramponnées l'une à l'autre avec Charlotte. C'est fini. J'ai réussi. ON a réussi. Je n'en crois pas mes oreilles.

Le Mexicain se rassoit et se prend la tête dans les mains. Il se retourne, je pense qu'il croyait que c'étaient ses parents derrière lui ; quand il voit que c'est nous, il se ravise aussitôt. J'ai de la peine pour lui. J'entends les portes s'ouvrir, j'espère de tout mon cœur que ce ne sont pas les copines qui arrivent comme des furies et qui pourraient laisser échapper des explosions de joie devant le Mexicain.

En fait ce sont ses parents qui débarquent, en panique. Ils comprennent qu'ils sont arrivés quelques secondes trop tard, ils cherchent un regard, un geste, un mot pour savoir si leur fils a été reconnu coupable ou non. Une des assistantes de l'avocat de la défense se retourne vers eux et secoue la tête. Les parents s'assoient. J'entends un son déchirant, je mets quelques secondes à réaliser que ce sont les pleurs de la maman.

On est toujours cramponnées avec Charlotte, on continue de s'accrocher l'une à l'autre comme on s'accrocherait à une bouée. L'ambiance est lourde, ponctuée par les sanglots maternels. Les mines sont graves, personne n'a le cœur à se réjouir, même si justice est faite. On n'a plus rien à faire là.

« On se casse. » On se lève, on s'enfuit littéralement, on pousse les grosses portes pour la dernière fois, on fonce vers l'ascenseur, les portes se referment définitivement derrière nous. De l'air. C'est fini.

Que les choses soient bien claires, quand je dis que j'ai de la peine pour le Mexicain, ce n'est pas que je suis victime d'une variante du syndrome de Stockholm. Ce mec est coupable, il a commis un crime, et c'est tout à fait normal qu'il soit reconnu comme tel et qu'il paie pour ce qu'il a fait. Plusieurs personnes m'avaient posé la question avant le tribunal : es-tu prête à envoyer quelqu'un en prison ? Ce à quoi je répondais naïvement : « S'il part en prison, ce ne sera pas de ma faute à moi, il s'est mis dans la merde tout seul, je n'ai fait que dénoncer un crime. »

Ça, c'était en théorie. Dans la réalité, c'était extrêmement dur de voir le Mexicain à l'annonce du verdict. Bien sûr que j'ai gagné, que la société a gagné, et je me réjouis de voir que la justice existe, protège les victimes et déclare un violeur coupable. En revanche, je ne me réjouis pas d'envoyer quelqu'un en prison. Je ne me réjouis pas d'avoir sous les yeux un mec de vingt-six ans se prendre la tête dans les mains, d'entendre sa mère hurler de douleur, d'assister en direct à la désintégration d'une famille. De l'avoir vu s'enfermer dans un mensonge abject, devant un tribunal au grand complet, devant sa famille, devant sa victime. Je ne pardonne rien (pour le moment en tout cas, et parce qu'on ne me l'a pas demandé), je n'oublie pas les quinze mois d'enfer que j'ai passés parce que ce mec a cru bon de venir me baiser pendant que je dormais, mais c'est douloureux de voir quelqu'un partir en prison, c'est douloureux de voir le mal que le mec s'inflige à lui-même et inflige à ses proches. Oui j'ai gagné, mais non, c'est pas franchement marrant et je ne souhaite à personne d'être celui ou celle qui appuie sur la détente pour envoyer quelqu'un au tribunal puis potentiellement en prison.

La suite de la journée, je flotte. Gabbi, Jade et Juliette se sont ruées au tribunal et nous ont rejointes dans la petite salle qui nous a servi de QG pendant deux jours. Encore une fois, même si je suis soulagée, mes émotions sont bloquées et je ne lâche aucune larme, contrairement à mes copines. On se serre toutes dans les bras. On n'en revient pas que ce soit fini. Les deux flics, James et Ben, arrivent et me prennent aussi dans leurs bras. C'est particulièrement touchant de les voir partager une marque d'affection et de soutien, alors qu'ils ne font « que » (et je mets des gros guillemets autour du « que ») leur boulot. Jusque-là, mes échanges avec Ben avaient toujours été sympathiques et fréquents, mais plutôt froids. Il me demandait comment je me sentais et me préparait au fait que le procès serait éreintant, mais il n'était pas particulièrement *friendly*. J'avais plutôt le sentiment qu'il mettait le moins d'affect possible dans cette affaire (et je le comprends très bien). L'annonce du verdict a fait tomber la distance qu'il avait mise entre nous.

On va direct dans le pub le plus proche pour boire du champagne avec Charlotte et Gabbi. On dit « putain » cinq mille fois en quarante-cinq minutes. On encense Jack, les flics, le juge, la justice. On s'embrasse et on se prend dans les bras à gogo. On se dit que le 14 juin 2019, c'est une date historique (on ne s'enflamme pas du tout). Gabbi retourne faire semblant de bosser pour quelques heures, et on rentre chez moi avec Charlotte.

On passe au *bottle shop* prendre du champagne et s'acheter de quoi se faire un petit gueuleton pour se remettre de toutes nos émotions. Et on picole dans le jardin en attendant que les copines nous rejoignent. J'en reviens pas d'être « libérée » du tribunal, que le mec ait été reconnu coupable, que la prison d'incertitude dans laquelle je me trouvais ait explosé, comme ça en trois minutes. *Guilty*. Boum. Terminé.

Les copines nous rejoignent au fur et à mesure. Ma petite Héloïse que je n'ai pas revue depuis l'annonce du verdict et qui s'écroule d'émotion. On se met une murge à la hauteur de l'intensité des derniers jours, sévère donc. Je garde le souvenir d'une soirée passée à chanter et danser sur du Jean-Luc Lahaye (pas de jugement s'il vous plaît) en sifflant du champagne dans le jardin avec vue sur la mer.

Je me couche tôt, la fatigue et les bulles aidant. Je me réveille à 1 heure du matin, avec une vision qui ne me quittera plus les jours suivants. Le Mexicain dans sa prison. Je sais qu'il a été mis en détention provisoire juste après l'annonce du verdict, sa demande de libération sous caution a été refusée. Je me demande dans quelle prison il est, à quoi ressemble sa cellule, je me dis qu'il doit être au fond du trou (dans tous les sens du terme), que sa maman doit être encore en train de pleurer.

Encore une fois, je ne suis pas en train de dire que je regrette d'avoir été jusqu'au bout du *process*, juste que c'est dur de voir quelqu'un partir en prison. Des images de prison, de cellules, de surveillants, de menottes, de matelas pourris et de plateaux-repas dégueulasses tournent dans ma tête. Je sais que je vais me faire engueuler d'écrire ça, mais je me sens presque coupable. Alors que c'est lui le coupable, bordel.

Tout comme mon cerveau a été monopolisé après la nuit du viol, il le sera aussi après l'énoncé du verdict. Jour 1 : j'y pense 24 heures sur 24, jour 2 : 23 heures sur 24, jour 3 : 22 heures sur 24. Ces quelques jours de procès s'estompent tout doucement. La vie reprend là où je l'avais laissée.

Lundi, je retourne au boulot. C'est là que je me rends compte que je suis dans un état second. J'ai l'impression que ça fait quatre mois que je suis partie. Tout me paraît différent. Le monde de l'après-procès. Le monde avec le Mexicain en prison.

La semaine qui suit, je suis littéralement vidée. Rincée. Je n'ai plus rien dans le bide. Comme une coquille vide. Épuisée. Je suis clairement ailleurs. J'ai mis un mec en prison. Je réalise l'intensité des jours passés au tribunal. Je vis ce procès comme à retardement. Ça tourne en boucle, mon témoignage, les questions des avocats, le témoignage du Mexicain, sa gueule, celle de ses parents, sa démarche, les flics, les perruques, la gueule des jurés, le sourire de Jack, les bras des copines, la pression qui monte, le verdict qui tombe, le champagne qui pète. Et les images de prison construites par mon imaginaire. Il dort avec qui maintenant le Mexicain ? Et tu fais quoi quand t'es en prison ? Il pleure parfois ? Il se fait pote avec les autres détenus ? Ou bien il se fait maltraiter ? Il peut travailler ?

Je n'arrive plus à me concentrer sur quoi que ce soit d'autre. Les conversations flottent autour de moi, je fais semblant de m'y intéresser, mais aucune information n'arrive à pénétrer le bouclier formé par le tribunal et l'émotion des derniers jours. Mon cerveau est anesthésié. Je recommence à mener ma barque seule, sans les copines pour m'entourer et me soutenir H24. Enfin, bien sûr qu'elles sont toujours là, à portée de téléphone et dispos pour des bières, des footings ou des balades. N'empêche que je réapprends à vivre dans mon nouveau monde, le monde de l'après-jugement.

J'ai tellement attendu ce procès que je n'arrive pas à réaliser que ça y est, il est derrière moi. C'est fini. Au début je suis presque déçue de l'effet que ça me fait. Je suis juste crevée. Satisfaite du verdict, heureuse d'être allée au bout de cette affaire, mais dégommée physiquement et mentalement. J'ai attendu ce procès pendant quinze mois, en imaginant naïvement qu'une hypothétique issue favorable éliminerait toute la souffrance accumulée depuis le viol. J'ai cru que ce serait comme une baguette magique, et que tout d'un coup je redeviendrai la même qu'avant. Ce n'est évidemment pas le cas.

Je ne suis pas redevenue la même qu'avant le 30 mars 2018, mais j'ai arrêté de me noyer. Ce viol, c'est comme si on m'avait jetée au milieu d'une rivière déchaînée, une eau noire, des vagues énormes, des courants qui t'attirent vers le fond. Je suis restée coincée dans la tempête jusqu'au procès. À boire la tasse régulièrement, à paniquer, à me prendre des seaux d'eau glacée dans la gueule. À la fin du procès, je me suis stabilisée, je ne me déplace pas encore mais je fais la planche et j'arrive à rester à la surface. Les semaines qui ont suivi, je me suis remise à nager tranquillement, une petite brasse peinarde. Et les dix derniers mètres, boum j'ai fini en crawl. Et je suis arrivée au bord. Mais le bord opposé de celui par lequel j'étais arrivée dans cette rivière de merde. J'ai jeté un coup d'œil à l'autre rive, la rive où j'ai vécu mon ancienne vie, celle qui s'est arrêtée le 30 mars 2018. J'ai regardé avec incrédulité l'espèce de trou noir au milieu de la rivière, je me suis dit que j'avais eu chaud. Et je me suis barrée pour continuer ma petite balade.

9

9 octobre 2019

Cela fait maintenant presque quatre mois que le Mexicain a été déclaré coupable, donc j'ai un peu plus de recul sur l'impact que le jugement a eu (et a toujours) sur moi.

On va pas tortiller, je revis. Les « bienfaits » du verdict sont venus progressivement. J'ai l'impression qu'on m'a enfin enlevé le couvercle de cocotte-minute que j'avais sur la tête et qui m'étouffait. Et surtout je réalise que pendant quinze mois j'ai effectivement vécu sous un couvercle de cocotte-minute, sous pression. Sur le moment, je savais que ça n'allait pas, mais sans me rendre compte du degré de mal-être auquel j'étais arrivée.

Il y a d'abord eu mes deux mois de break en France. J'ai pris l'avion deux semaines après le verdict et j'ai passé tout juillet et août à enchaîner les vacances en famille, les moments entre potes, le bonheur d'avoir deux mois de grandes vacances pour profiter de ce monde qui était le mien avant mon départ en Australie cinq ans plus tôt. J'ai relâché la pression comme jamais et je me suis sentie bien. Mais j'avais plus le sentiment d'être bien parce que j'étais en vacances à la maison pour deux mois, que parce que le procès était terminé. Je veux dire, comment ne pas kiffer quand on n'est pas obligé de se pointer au boulot et qu'on peut aller chanter au karaoké tous les soirs ? C'est aussi à cette époque que j'ai commencé à écrire le récit du tribunal et des quinze mois qui l'ont précédé.

Début août, je reçois deux mails de Ben et Adam m'informant que la cour s'est à nouveau réunie le 1er août pour le *sentencing* et a condamné le Mexicain à trois ans de prison dont dix-huit mois de peine de sûreté, ce qui signifie qu'il sera libéré au plus tôt le 5 décembre 2020 et qu'il sera dans tous les cas transféré au Mexique dès qu'il sortira de prison. Je reçois cette nouvelle sans grande surprise, c'est l'estimation que m'avait donnée Ben au moment du verdict. La gentillesse de leurs mails respectifs me touche. Ils me donnent une info officielle, mais en même temps ils demandent de mes nouvelles et me « félicitent ». Ci-dessous un extrait du mail d'Adam :

Thank you so much for all your assistance/patience throughout this process. The way you have carried yourself through what would have been such a difficult period has been nothing short of admirable and your victim impact statement was extremely powerful at sentence.

I hope everything is well with you and you can finally put this chapter behind you.

If you have any questions about anything, feel free to email me.

All the best,

Adam

Merci infiniment pour ton aide et ta patience au cours de la procédure. La façon dont tu t'es comportée pendant ce qui fut une période si difficile n'est rien de moins qu'admirable et *victim impact statement* a été extrêmement percutante au moment de la condamnation.

J'espère que tout va bien pour toi et que tu peux enfin tourner la page.

Si tu as la moindre question, à propos de quoi que ce soit, n'hésite pas à m'envoyer un mail.

Bonne continuation,

Adam

J'aimerais d'ailleurs dresser un parallèle entre le traitement qui m'a été réservé en Australie en tant que victime d'un viol et ce que j'entraperçois de ce qui se passe ailleurs, et notamment dans certains pays européens.

J'ai lu avec attention le témoignage de Johanna[1] (que je vous encourage également à lire) qui a vécu une histoire relativement similaire à la mienne, mais en Allemagne. Ou plutôt, qui a vécu un viol dans des conditions relativement similaires au mien. Et la similitude s'arrête là. À partir du moment où on a posé un pied chez les flics (pour moi) et à l'hôpital (pour Johanna), nos histoires respectives ont pris un tour radicalement différent. Comme si ces deux viols n'avaient pas eu lieu sur la même planète. J'ai listé ci-dessous les différences qui m'ont le plus crevé les yeux.

Dépôt de plainte :

Version australienne : après m'avoir raccompagnée chez moi en voiture le vendredi matin pour que je me repose un peu, Ben m'a rappelée en début d'après-midi et m'a notamment demandé de venir à 17 heures à la *police station* afin de faire mon *police statement*, c'est-à-dire la pièce maîtresse qui formalise le dépôt de plainte. Un autre *detective* m'attendait effectivement à l'heure dite, il avait avec lui toutes les notes que les policiers présents la nuit même avaient prises, avec tout ce que j'avais dit et le plan de l'appartement qu'on m'avait demandé de dessiner. Je lui ai de nouveau raconté l'histoire, lui, tapait tout sur son ordinateur, checkait ses notes en même temps et parfois me disait : « Tiens, cette nuit

1. *Zone grise*, Johanna Luyssen, texte publié en 2019, sur le site Medium.

tu as donné ce détail en plus, tu t'en souviens ? » Et en effet, je commençais déjà à oublier certaines choses qui du coup me revenaient en mémoire grâce à ces notes. C'est donc un *police statement* ultra-détaillé et complet que nous avons finalisé, moins de vingt-quatre heures après le viol.

Version allemande : après avoir raconté son histoire à trois reprises aux policiers alors qu'elle était à l'hôpital et avoir clairement stipulé qu'elle voulait porter plainte, Johanna est restée *trois mois* sans *aucune* nouvelle de *personne*. Elle a ensuite reçu une *lettre* de la procureure qui lui disait : *« Vous n'êtes pas venue à la convocation que vous a envoyée la police, votre plainte est donc classée. Vous avez deux semaines pour contester cette décision. »* Aidée d'un avocat, elle est ensuite parvenue à obtenir une nouvelle convocation et s'est *enfin* rendue chez les flics pour leur raconter de nouveau son histoire et porter plainte de manière officielle. Plus de trois mois après les faits, donc.

Primo, je ne m'y connais pas trop, mais a priori en Allemagne en 2019, le téléphone existe, les mails aussi. Mais non, on préfère envoyer une convocation par courrier normal, et ne surtout pas passer un petit coup de fil pour s'assurer que la personne l'a bien reçue. Communication, zéro.

Deuzio, c'est complètement invraisemblable de stupidité de prendre un dépôt de plainte plus de trois mois après les faits, surtout que dans le cas de Johanna, la police lui avait déjà fait raconter son histoire trois fois à l'hôpital. À quoi ça rime d'attendre encore trois mois, que le peu de souvenirs qu'elle a de la soirée s'estompe encore plus ? Bon sens, zéro.

Ce manque total de communication et de bon sens de la part des flics et de la justice, c'est du foutage de gueule vis-à-vis des victimes. Il y a tellement peu de victimes qui ont le réflexe ou la force de passer le seuil des commissariats qu'il faudrait au contraire les tenir par la main, les encourager, leur faciliter la tâche, prendre leur déposition immédiatement, leur permettre de cracher leur histoire et de repartir chez elles en se disant : OK, au moins en termes de flics et de justice, ma part du boulot est terminée en attendant le procès (si procès il y a).

Suivi médical :

Version australienne : au moment où la gynécologue m'a examinée quelques heures après le viol, elle a pris mes coordonnées et m'a informée qu'on me contacterait quelques jours plus tard pour me proposer de faire tous les dépistages de MST. Ce qui a été effectivement le cas. Une dame m'a appelée la semaine suivante, m'a demandé comment j'allais, m'a dit qu'elle était *really sorry for what happened* et m'a donné un rendez-vous pour la semaine d'après. J'ai fait tous les tests gratuitement.

J'ai en outre reçu un coup de téléphone du Sexual Assault Center. La fille au téléphone voulait prendre de mes nouvelles et me proposer de venir parler à une psy du centre, gratuitement.

Version allemande : Johanna se rend dans un hôpital pour qu'on lui administre un traitement de trithérapie préventive. L'employé lui demande 900 euros, mais devant le désarroi de Johanna elle fait machine arrière et lui dit que finalement c'est couvert. C'est très bien que Johanna n'ait rien eu à payer, mais ç'aurait été bien également qu'on lui épargne un coup de stress supplémentaire. Le suivi médical s'arrête là.

Suivi policier et judiciaire :

Version australienne : Ben m'a rappelée la semaine suivant le viol, il n'avait rien de nouveau à m'annoncer concernant l'affaire, il voulait simplement prendre de mes nouvelles, savoir comment j'allais, s'assurer que j'étais bien entourée. Quelques semaines plus tard, c'est Adam et Imogen de l'ODPP qui m'ont appelée d'eux-mêmes, se sont présentés, m'ont envoyé des dépliants avec plein d'informations, m'ont dit que je pouvais les appeler ou venir les voir quand je voulais, à la moindre question.

Dans les mois qui ont suivi, j'ai gardé un contact étroit avec Ben et Adam. Parfois c'est eux qui m'appelaient pour me donner un *update*. Parfois c'est moi qui les appelais parce que j'avais une question. Soit j'arrivais à leur parler directement, soit ils me rappelaient quelques jours plus tard au grand maximum. Jamais je n'ai eu le sentiment de les embêter.

Je l'ai déjà dit plus haut, mais au moment du procès j'ai découvert une nouvelle facette de Ben. Il était toujours très professionnel mais avec une touche de chaleur en plus. Hyper-souriant et encourageant pendant les trois jours qu'a duré le procès. Son collègue James (que je connais moins) et lui m'ont prise dans leurs bras après l'annonce du verdict. Ils font leur boulot de flics, mais bien plus encore.

Version allemande : suivi inexistant. On t'envoie une lettre et, si elle se perd en route, ta plainte est classée. C'est super.

Aspects financiers :

Version australienne : je n'ai pas eu besoin de prendre un avocat, car en Australie au pénal on considère que la victime n'est pas une victime mais un témoin d'un crime commis contre la société. Donc mon avocat, c'est l'avocat général. Il défend la société, et donc moi au passage. Par conséquent, je n'ai pas eu un centime de dollar à débourser en termes de poursuites légales. En revanche je devrai me payer un avocat si jamais je décide de poursuivre mon violeur au civil.

Par ailleurs, quelques mois après m'avoir contactée, l'ODPP m'a fait remplir un formulaire pour recevoir des aides d'une agence gouvernementale appelée *Victims*

Services. Cette agence décrit sa mission comme suit : « Soutenir les victimes de crimes, et les familles et amis des personnes disparues. » J'ai reçu quelques jours plus tard la confirmation que j'avais droit à vingt séances de psy gratuites (comme j'avais déjà commencé à voir un psy, j'ai même pu changer le psy qu'on m'avait attribué). Vu le prix des séances à Sydney, ça représente une sacrée économie. Et tout récemment (c'est-à-dire dix-neuf mois après le viol), les *Victims Services* m'ont versé un *recognition payment* de 5 000 dollars australiens (3 070 euros). Ce *recognition payment* n'a pas vocation à m'indemniser, mais plutôt à reconnaître le traumatisme dont j'ai souffert. (« La prime de reconnaissance forme une partie du programme de soutien aux victimes et vise à reconnaître le traumatisme dont a souffert une victime à la suite d'un acte de violence. »)

Version allemande : je ne veux pas dire de bêtises parce que ça n'est pas explicitement mentionné dans le récit de Johanna, mais il me semble évident que c'est Johanna qui a dû financer les honoraires de son avocate. Ce qui est explicite en tout cas, c'est qu'elle a décidé de ne pas faire appel de la décision de la procureure pour des raisons financières.

« "Et cela va vous coûter de l'argent."

Je n'ai pas d'argent. Cette affaire est donc classée[1]. »

1. Extrait de *Zone grise*, Johanna Luyssen, texte publié en 2019, sur le site Medium.

Voilà toutes les différences qui m'ont sauté aux yeux en lisant le récit de Johanna. En Australie, j'ai demandé de l'aide, on m'a attrapé la main et ensuite on ne m'a plus lâchée jusqu'au procès, voire au-delà. En Allemagne, Johanna a aussi demandé de l'aide, on lui a attrapé la main pour la relâcher deux secondes plus tard.

Johanna, si tu me lis, sache que je partage toutes tes peines, parce qu'on parle bien d'une triple peine ici : la peine du viol en lui-même, la peine de se sentir ignorée par les flics et la justice, et la peine de voir son viol tomber dans cette « zone grise » que tu décris si bien.

Je ne suis pas une spécialiste des systèmes policiers et judiciaires en Australie et en Europe. Je n'ai aucune expertise pour tirer une quelconque conclusion, je compare juste la manière dont deux affaires, sensiblement similaires au départ, ont été traitées. Il faudrait évidemment étudier un plus grand nombre de cas pour en tirer des conclusions plus sérieuses.

Je ne suis ni flic ni avocat ni juge, je ne sais absolument pas si les éléments du dossier auraient pu permettre de mettre le violeur de Johanna en prison. Trop souvent, il est impossible d'avoir des preuves d'un point de vue purement judiciaire, notamment parce qu'on parle de crimes qui se passent à huis clos, sans témoin. Parole contre parole. Cependant, ce n'est pas parce qu'on n'a pas assez de preuves au sens purement judiciaire du terme qu'il n'est pas *évident* qu'il y a bien eu viol. Dans le cas de Johanna, ça crève les yeux que le mec n'est pas net, c'est juste du putain de bon sens qu'il a déconné et qu'elle n'a pas pu donner de consentement. Et donc le moins que l'on puisse faire dans ces cas de « zones grises », comme les décrit Johanna, à défaut de traîner le mec au tribunal parce que malheureusement on n'a pas de preuves suffisantes aux yeux de la justice, c'est au moins de soutenir les victimes et de leur expliquer qu'on a fait tout ce qu'on a pu mais qu'on a atteint les « limites » du système légal.

Ce qui me choque (entre autres) dans l'histoire de Johanna, ce sont toutes les raisons absurdes énumérées dans la lettre de la procureure.

On lui oppose le fait qu'elle a bu de l'alcool et qu'elle a embrassé le mec au restaurant. Oui donc logique, c'est bien connu après quelques verres et quelques galoches, c'est évident, la meuf est consentante.

Le fait que des « témoins » au resto les ont vus s'embrasser. Et donc ? Ces « témoins » étaient-ils dans la chambre pour vérifier si la relation sexuelle était consentie ? Non, donc on est hors sujet, terminé.

Le fait qu'elle a eu une consommation « importante » d'alcool. Mais putain, les mecs, l'alcool dans les cas de viol, c'est un facteur qui au contraire est aggravant pour l'accusé ! On ne *peut pas* donner un consentement éclairé si on est mort saoul, point barre.

Et le pire : « *La lettre dit qu'en rassurant mes amies par SMS* [*N.B.* : SMS envoyé par Johanna quelques instants après s'être réveillée], *j'ai en quelque sorte prouvé que je n'avais pas été violée, puisque je n'affirmais pas l'avoir été.* » Cette phrase-là m'a retourné le bide. Ça veut dire que la justice refuse d'admettre que, quand tu as été potentiellement droguée puis violée et que tu te réveilles nue dans un appartement que tu ne connais pas, ça va te prendre un peu de temps (peut-être une dizaine de minutes, peut-être plusieurs jours, peut-être des années) avant d'accepter la réalité et comprendre ce qui vient de se passer. C'est juste du bon sens. Qui n'a jamais répondu « Oui ça va, t'inquiète » alors qu'en vrai ça n'allait pas du tout ? Comment peut-on oser utiliser ce message comme un argument pour classer le dossier ?

Ce qui me débecte, c'est que la lettre de la procureure tourne autour du pot avec des arguments bidons et hors sujet. C'est prendre les gens pour des débiles que de penser qu'ils ne peuvent pas comprendre pourquoi le dossier est en quelque sorte voué à l'échec : « Il n'y a pas (ou plus) de traces de drogue dans ton sang. Vous n'étiez que deux dans la chambre donc on n'a pas de témoins. Tu dis que tu n'étais pas consentante. Lui dit le contraire. Il semble évident que le mec t'a violée, sinon tu ne serais pas ici en train de porter plainte, mais malheureusement dans ton cas, même si c'est extrêmement dur à accepter, on n'a pas suffisamment de preuves pour réussir à faire condamner le mec. Mais malgré tout on est avec toi. » Au lieu de sortir des énormités du style « Ah, en te réveillant, t'as envoyé un message à tes copines pour leur dire de pas s'inquiéter, du coup c'est bien la preuve que tu n'as pas été violée ».

Le moins que le système judiciaire puisse faire face à ces cas de « zones grises », c'est d'être honnête et transparent avec les victimes. D'être *avec* elles, tout court. Elles ont déjà suffisamment de démons contre lesquels se battre, inutile d'y ajouter les systèmes policier et judiciaire.

Je reprends le fil de mon histoire.

Après mes deux mois en France, la fin de mon break est arrivée et je suis rentrée à Sydney. Pas spécialement contente, pas spécialement triste non plus. Et c'est en rentrant que j'ai réalisé la puissance du verdict sur mon mental, sur ma vie, sur mon attitude. Sur moi, quoi. Comme une bouffée d'air frais après quinze mois d'apnée. Attention, je ne dis pas que tout est rose tous les jours, que les dégâts du viol se sont évaporés comme par magie. Mais quand je repense à l'état dans lequel j'étais il y a un an dans le même environnement, aux torrents de larmes que j'ai versés, aux boules de pétanque qui étaient bloquées dans ma gorge, aux cauchemars que je faisais et à l'incertitude dans laquelle je baignais, je me dis que, quand même, un sacré chemin a été parcouru. Il n'est certainement pas terminé, mais j'ai au moins l'impression d'avoir atteint un palier avec le verdict. C'est comme au

Mölkky, je ne peux plus retomber en dessous du palier maintenant que je l'ai atteint.

Si j'essaie de mettre un peu d'ordre dans les raisons qui me font « revivre » :

Je sens que j'ai été entendue et comprise. Un jury de douze personnes, censé représenter la société, m'a écoutée, a écouté le Mexicain, a écouté nos avocats respectifs, a décidé à l'unanimité que c'était moi qui disais la vérité et que le Mexicain était coupable. Je sais pas comment dire, c'est énorme. C'est énorme parce que ça me redonne confiance dans tout. Dans les gens, dans la justice, dans la société. Tout n'est pas parfait dans ce monde de timbrés, mais putain quand même la justice fait son boulot, le bon sens existe, un mec ne peut pas violer une meuf dans son sommeil impunément (en tout cas pas tout le temps).

Je me sens forte. J'ai dénoncé un crime, je suis allée témoigner au tribunal, j'ai fait tout ce que j'ai pu pour que le mec soit reconnu coupable, et ça a fonctionné. J'ai été prise pour un objet au moment du viol, mais le procès m'a rendu l'identité que l'on m'avait déniée auparavant. Je ne suis pas un objet, je suis une personne.

Je me sens libérée. Libérée de cette attente, de cette incertitude, de cette trouille bleue que le mec soit acquitté grâce à je ne sais quelle pirouette judiciaire.

Au sujet de cette attente, je suis reconnaissante que le procès du Mexicain ait eu lieu « seulement » quinze mois après le viol. Quinze mois, on est d'accord, c'est long. Mais comme j'ai fait un déni de quatre mois et demi, disons grosso modo dix mois d'attente, de stress et de dépression, n'ayons pas peur des mots. Dix mois à te demander à chaque fois que tu discutes avec quelqu'un qui n'est pas au courant : je lui dis ou je lui dis pas ? C'est long. Mais c'est plutôt rapide par rapport à ce qui se passe en France, où une instruction pour une affaire de violences sexuelles prend en moyenne deux ans et cinq mois[1]. Quant aux viols, Nolwenn Weiler, autrice du *Viol, un crime presque ordinaire*, estime qu'une victime doit en moyenne attendre trois ans pour que l'instruction soit achevée, et cinq ans au total pour le jugement en cour d'assises[2].

Prenons le cas de la touriste canadienne violée par les flics de la BRI. Agression en avril 2014, première instance (et acquittement) en juillet 2016, appel (et condamnation) en janvier 2019. Donc ça veut dire que, grosso modo, pendant cinq ans, tu ne peux tout simplement PAS passer à autre chose. C'est impossible. Tant que le procès n'a pas eu lieu, c'est pas compliqué, tu stresses. Ta vie est en sursis. Tu t'en rends compte après. Sur le moment, tu fais plus ou moins bonne figure,

1. Moyenne calculée pour les affaires de violences sexuelles traitées par les parquets en 2016, *Bulletin d'information statistique*, n° 160, mars 2018.
2. *Le viol, un crime presque ordinaire*, Audrey Guiller et Nolwenn Weiler, Le Cherche Midi, 2011.

mais la vie s'arrête. Tout ton être est tendu vers la date du procès. T'es plaquée au sol, la tête dans la gadoue. Tu comptes les jours avant la délivrance.

Je comprends mille fois les nanas (et les mecs d'ailleurs) qui, en voyant ces stats affolantes (cinq ans d'attente pour le jugement, 7 % des 17 % de plaintes initiales qui aboutissent finalement à une condamnation aux assises), lâchent l'affaire. Cinq ans. C'est même plus un marathon, c'est un quadruple *Iron Man* au Groenland ce truc. Pour au final risquer de te prendre un acquittement en pleine face. Truc de sadomaso, sérieusement. Comment peut-on imaginer que les victimes puissent sereinement aborder un procès dans ces conditions ?

Et parlons-en, de l'impact psychologique des acquittements. Je m'estime heureuse que le Mexicain n'ait pas été acquitté. Ç'aurait été évidemment scandaleux, vu les éléments à charge, mais on a vu des procès avec des éléments tout aussi sérieux qui se sont achevés par des acquittements. Et donc là, concrètement, tu reprends encore un bon tarif. Parce que j'avais beau me répéter, c'est bon, même si dans le pire des cas il est acquitté, le principal c'est que t'aies fait tout ce que tu pouvais, t'y peux rien, c'est évident qu'il est coupable pour tout le monde, il a été sauvé in extremis par des mécanismes judiciaires complexes sur lesquels tu n'as aucune prise, il est puni d'une autre manière. Oui OK, je n'aurais rien eu à me reprocher, mais c'est clair et net que ç'aurait été très dur à accepter et que j'aurais eu un peu (voire beaucoup) plus de mal à me reconstruire et à cicatriser.

Le sentiment que j'ai, c'est qu'à l'issue d'un procès pour viol il y a toujours quelqu'un qui part en prison. Si c'est pas le violeur, c'est la victime, et inversement. S'il est reconnu coupable, le violeur part (vraisemblablement) en prison. S'il est acquitté, c'est la victime qui se retrouve prisonnière dans sa tête. Seule face à son agresseur, et surtout face à une société et un système judiciaire incapables de faire condamner un criminel et par là même de lui offrir un commencement de cicatrisation. Prisonnière d'un crime impuni.

J'avais d'ailleurs été très émue et secouée par la conclusion du réquisitoire de Philippe Courroye, avocat général lors du procès des deux policiers de la BRI accusés du viol de la touriste canadienne :

« *Mesdames et messieurs les jurés, vous rendez la justice au nom du peuple. Votre verdict montrera que la loi s'applique à tous. Il va conférer à Emily S. sa qualité de victime, c'est important pour sa reconstruction et sa confiance en la justice. Il n'y a pas de bonne ou mauvaise victime, il n'y a pas que les jeunes filles en fleurs qui mériteraient d'être reconnues comme victimes. Il y a aussi celles qui par leur personnalité fragile constituent une proie. Ce voyage au bout de la nuit sordide du 22 avril 2014 va rester en elle longtemps, cette souillure. Je crois que, comme toutes les victimes de viol, elle va être condamnée à vivre longtemps avec ce mal de vivre comme le chantait si bien Barbara. En condamnant ces accusés vous allez lui ouvrir une porte mentale, par laquelle s'échappera peut-être un peu ce mal de vivre*[1]. »

Je savoure aujourd'hui la chance que j'ai eue, que cette porte de sortie m'ait été ouverte à moi aussi. Et je pense très fort à toutes les victimes pour qui cette porte est encore fermée à l'heure qu'il est.

Cela dit, il y a autant de chemins de reconstruction que de viols. Et par conséquent autant de manières d'ouvrir cette porte mentale dont parle Philippe Courroye. Vous raconter ces dix-huit mois de ma vie, c'est un moyen d'expliquer quelles clés ont fonctionné pour ouvrir la mienne et pour amorcer un début de reconstruction.

Je n'essaie certainement pas de me positionner en donneuse de leçons et de dire que tant qu'on n'est pas allé chez les flics et qu'on n'a pas mis son agresseur en prison, on ne pourra jamais s'en sortir. C'est pas un concours. Je raconte la manière dont j'ai vécu les choses en mettant l'accent sur ce qui, selon moi, m'a aidée. Ce qui, je pense, s'est passé dans mon cerveau et dans mon cœur, consciemment ou inconsciemment. Chacun

1. Extrait du réquisitoire prononcé par Philippe Courroye le 30 janvier 2019, après trois semaines d'audience, disponible sur le compte Twitter de la journaliste Marie Barbier.

réagit différemment, en fonction de son passé, de son environnement, des conditions du viol. Chacun réagit surtout comme il peut. *Personne* n'a le droit de juger la manière dont une victime tente de se reconstruire, flics ou pas, hosto ou pas, tribunal ou pas, condamnation ou pas, suivi psy ou pas. C'est difficile de trouver la porte de sortie. Ça prend du temps, ça prend plusieurs essais, ça prend de l'énergie. Parfois il faut une clé, parfois un pied-de-biche, parfois une radio, parfois un serrurier, parfois un bon coup de pied ou de bélier et tant pis si tout le chambranle part avec. À chacun de trouver la manière dont il peut et veut se battre.

10

Je suis au volant de ma C1, je viens de quitter la Picardie, où j'ai passé l'essentiel du confinement en famille, et je fonce vers la Bretagne.

Il fait un temps de dingue, je roule les fenêtres grandes ouvertes et j'écoute Johnny Hallyday à fond de balle.

Grosse journée. Ou plutôt journée symbole. J'avais décidé quelques semaines plus tôt que le lundi 25 mai de l'an 2020 serait le jour où je m'arracherais à la maison familiale pour partir m'installer en Bretagne et y commencer ma vie d'après-l'Australie. Par amour de la voile, de l'océan, des tempêtes de vent et des galettes complètes. Aucune piste de job en perspective et la flemme de refaire mon CV, j'avais opté pour l'option offensive : me pointer sur place, tâter l'ambiance et me bouger pour trouver un boulot, si possible dans le secteur nautique.

Et puis le hasard a voulu que Titiou Lecoq m'envoie un mail pour me dire : on va publier ton témoignage le 25 mai. Et j'avais répondu : OK trop cool.

Petit aparté pour les personnes qui n'ont pas encore découvert le talent immense et la plume acérée de Titiou Lecoq. Titiou Lecoq est journaliste, blogueuse, essayiste et romancière. Je l'ai découverte aux alentours de 2008, via son blog *Girls and Geeks*, qui est d'autant plus addictif qu'il est alimenté très irrégulièrement. Et depuis je ne l'ai plus lâchée. J'ai lu la plupart de ses romans, ses articles sur slate.fr et surtout sa newsletter « Slate x Titiou » qui est le soleil de mon vendredi. C'est son style très cash, très brut, très pince-sans-rire qui m'a interpellée. Et puis je ne sais plus à quel moment, c'est non seulement sa plume alerte mais c'est aussi sa manière unique de prendre le sujet du féminisme à bras-le-corps qui m'a rendue encore plus assidue à ses écrits. J'ai mis du temps à me pencher sérieusement sur les questions relatives à l'égalité entre les hommes et les femmes, et c'est en lisant ses articles qu'un monde que je considérais comme normal m'est soudainement apparu lunaire et dégueulasse (pour faire court). Si vous ne la connaissez pas, vraiment, j'insiste, abonnez-vous à sa newsletter sur Slate, ça va changer la gueule de vos vendredis midi. Et lisez son dernier livre, *Honoré et moi*[1]. Et écoutez son podcast, *Rends l'argent.*

1. *Honoré et moi*, Titiou Lecoq, L'Iconoclaste, 2019.

Bref, je suis une fan inconditionnelle de Titiou Lecoq. Quand j'ai eu terminé d'écrire mon « livre », c'était évident qu'il fallait que je lui envoie. J'ai décidé de répondre à l'une de ses newsletters (celles qui changent la gueule de mes vendredis) en lui expliquant la situation et en lui mettant mon manuscrit en pièce jointe. « 100 % des gagnants ont tenté leur chance », me suis-je dit.

Titiou m'a répondu. Je me souviens très bien de cette sensation fabuleuse, de lire un texte de Titiou Lecoq, mais qui m'est destiné à moi et pas au reste du monde. Bref. Elle m'a répondu que mon texte était « hyper-bien » et qu'elle allait demander à Slate si c'était envisageable de le publier. Et Slate a dit oui.

J'ai pris la décision de publier mon texte de manière anonyme. Je dois bien avouer que j'étais un peu prise en sandwich entre d'une part ma volonté de contribuer à exploser le tabou du viol et d'autre part ma crainte du regard dégradant et pourri que la société pose sur les victimes de viol et d'agression sexuelle. Autant aborder le sujet des Mexicains avec mes potes ou ma famille, bref avec des gens qui me connaissent (de près ou de loin) ou que j'ai en face de moi, ne me pose aucun problème. J'assume cette histoire de A à Z (même si ça ne me réjouit pas particulièrement d'en parler en long en large et en travers avec ma famille, pudeur oblige). Mais en même temps, je n'ai tout simplement pas envie qu'à l'avenir, quand quelqu'un tape mon nom sur Internet, le premier truc qui sorte, ce soit l'histoire des Mexicains. Je refuse de me dire que ma vie et mon nom se résument à ce fait divers sordide. Et l'important, de toute façon, ce n'est pas moi, c'est de témoigner. Quand l'occasion s'est présentée de publier mon témoignage, j'ai donc préféré garder l'anonymat. Et bien plus tard, de publier ce livre sous un pseudonyme.

Et puis il s'est passé plusieurs mois avant que Slate ne me donne une date de parution. Le virus a foutu le bin's, c'était inutile de publier le texte au beau milieu du confinement, il n'aurait pas été lu, ou pire il aurait pu raviver des traumatismes chez des victimes. Pas idéal quand on est enfermé chez soi. Et puis le 13 mai, j'ai reçu un mail de Titiou qui me disait que Slate avait prévu de publier mon texte le 25 mai et me demandait si ça m'allait toujours.

Évidemment, ça m'allait toujours. Je me suis dit, tiens c'est marrant, c'est curieux, c'est étonnant, c'est rigolo, c'est surprenant, bref c'est tout ce que vous voulez, mais en tout cas le jour de la publication, c'est aussi le jour où, quoi qu'il arrive, je me trace en Bretagne pour embrayer sur un tout nouveau chapitre au milieu des bateaux.

Le matin du 25 mai, mon réveil a sonné hyper-tôt, vers 6 heures, parce que je voulais charger mon pot de yaourt tranquillement et me mettre en route en milieu de matinée. J'ai pris mon téléphone et j'ai direct checké si mon récit était en ligne, mais je n'ai rien vu. Je me suis dit, finalement peut-être que ce sera demain, ou la semaine prochaine, en soi j'attends déjà depuis quelques mois donc je ne suis pas à un jour près. Ça m'est sorti de la tête, je suis sortie de mon lit et me suis sorti les doigts pour terminer mes préparatifs.

J'ai dit merci salut et à bientôt à mes parents et à mon frère et je suis partie.

Ce départ en C1, c'était un mélange de sensations assez cool. Un gros sentiment de liberté, pour commencer. La fin du confinement, enfin on peut bouger, enfin on peut reprendre une vie à peu près normale, enfin je peux me tracer en Bretagne. Et dans mon cas, une liberté vraiment totale. Je n'ai pas de boulot, donc aucune obligation. J'ai quelques économies d'Australie, donc je peux prendre à peu près mon temps pour trouver un job, pas de stress financier, et j'ai prévu de faire la tournée des copains qui sont dans le coin. Une sensation d'excitation, à l'idée de commencer un truc totalement nouveau, dans un endroit totalement nouveau, avec des gens totalement nouveaux. Le sentiment que t'as quand tu pars toute seule en vacances et que t'as aucune idée de la tournure que ça va prendre. Tu plonges dans l'inconnu mais t'as confiance dans ce qui s'y cache. L'impatience de retrouver mes potes avec qui j'allais passer quelques jours.

Me voici donc sur l'autoroute. Je m'arrête sur une aire pour faire le plein d'essence et acheter une bouteille d'eau et un Twix. Avant de repartir, je jette un coup d'œil à mon téléphone. J'ai un mail de Titiou qui me demande comment je me sens à la suite de la publication.

La publication. Oh putain.

Je fonce sur Slate, et là je le vois. Mon récit, mon article, mes mots qui sont cités en titre. L'introduction de Titiou. Le récit est découpé en cinq articles. Je découvre les illustrations, je scrolle, c'est incroyable comme sensation de découvrir MES mots sur un site que je lis quasi quotidiennement. Je me dis, putain c'est ouf. Je décide d'attendre d'être arrivée à destination avant de répondre calmement quelque chose d'à moitié sensé à Titiou.

Je reprends la route. En arrivant vers 16 heures, j'ai un nouveau mail de Titiou, qui est un peu inquiète, je lui réponds pour la rassurer et lui dire que tout va bien, je conduisais. Elle me fait des copiés-collés des réactions des gens sur Twitter et des mots que des gens lui envoient. Je suis prise dans une tornade d'amour. Les gens écrivent des trucs de OUF. Je flotte.

Je retrouve Paulo à la Cité de la Voile, on va direct voir les bateaux de course sur les pontons. Et puis on passe chez Leclerc acheter de quoi se faire un petit gueuleton et des bières sur la plage. Dans la file d'attente pour la caisse, un pack de bières sous un bras et un saucisson sous l'autre, je me connecte à l'adresse Gmail que j'avais créée plusieurs mois auparavant, spécialement au cas où des lecteurs voudraient me contacter. Je m'étais dit que c'était probable que des victimes d'histoires similaires aient envie de se confier et que, potentiellement, je pourrais les aider. Je me connecte. Deuxième tornade d'amour. Des mails, des mails, des mails. Des bravos, des mercis. Je montre à Paulo la gueule de la boîte mail, il jette un œil. « Ah ouais, quand même. » J'en lis quelques-uns. Je plane.

On part à Port-Manec'h rejoindre un pote. On commence l'apéro, on se marre au milieu des rillettes et des Leffe, je continue à checker la pluie de mails qui s'abat régulièrement sur cette boîte que j'appelle désormais, en mon for intérieur, la boîte mail de l'Amour. Je me sens pousser des ailes, c'est si bien d'être arrivée en Bretagne, si cool de retrouver Paulo, si chouette de prendre l'apéro devant la mer, si irréel de recevoir tous ces mails incroyables de gens que je ne connais ni d'Ève ni d'Adam.

En me réveillant le lendemain matin, j'attrape illico mon téléphone pour continuer à lire tous ces mails. Le temps que j'en lise un, il y en a quatre autres qui sont arrivés dans la boîte. Dingue.

Pendant la journée, je reçois un message d'un de mes potes qui me dit que je suis « passée sur France Inter ». Je débloque. Je n'arrive pas à trouver dans quelle émission je suis passée (enfin, dans quelle émission on a parlé de mon témoignage). Le lendemain, mercredi 27, sur la route pour repartir vers Lorient, je mets enfin la main sur *La Revue de presse* de Claude Askolovitch, je la lance pendant que Paulo conduit. Et on entend

Claude Askolovitch parle de mon histoire. Surréel. Il commence par raconter ce qui m'est arrivé, avant de parler de mon texte, de sa « force », de sa portée « politique ». L'entendre expliquer ce qui m'est arrivé, citer des passages de l'agression, entendre le mot « viol » dans la bouche d'un journaliste, quand je sais qu'on parle de mon histoire, me fait comme une décharge électrique dans le ventre, et pourtant Dieu sait que je n'ai pas attendu d'écouter cette revue de presse pour mesurer la gravité de ce qui m'est arrivé. Je ne bouge plus sur mon siège, une vague de pudeur m'envahit, je ne peux pas regarder Paulo, je détourne la tête, je reste interdite. Stupeur de voir l'effet que me fait cette mise en abyme, d'entendre quelqu'un d'autre raconter mon histoire.

On arrive à Lorient, Paulo me dépose à ma C1 et repart chez lui en Vendée. Je reste toute seule avec ma boîte mail qui déborde, les messages des copains, *La Revue de presse* de France Inter et les partages sur les réseaux sociaux. Je suis bien arrivée en Bretagne, mais encore une fois cette histoire de viol me propulse indirectement dans un monde parallèle, bien différent de celui dans lequel j'avais été projetée les jours qui avaient suivi l'agression et le procès. Un monde rempli d'inconnus qui me soutiennent, qui me supportent, m'encouragent, me remercient, qui me disent que je les ai fait pleurer, qu'ils n'ont pas pu s'arrêter de lire, qu'ils ont ressenti un besoin impérieux de m'écrire, qu'ils sont retournés, bouleversés, horrifiés, qu'ils partagent ma peine, ma colère, ma rage, mes angoisses, mais aussi mon soulagement et ma gratitude envers tous ceux qui m'ont aidée, qu'ils se reconnaissent, que « l'indifférence [leur] est impossible », qu'ils ne se tairont plus jamais. Un monde où je ne suis plus toute seule à porter ce boulet, où chaque mail me rend plus légère, comme l'a parfaitement deviné et résumé une inconnue :

Je vous souhaite d'aller bien, d'être heureuse, j'espère tellement pour vous que chaque lecture sera comme un petit caillou qui tomberait du sac à dos, venant vous l'alléger un peu plus à chaque fois.

Je n'avais pas prévenu ma famille, ni que j'avais écrit un témoignage, ni qu'il avait été publié. Ils étaient au courant de l'histoire, mais pas de ce que j'en avais fait. J'étais tiraillée entre l'envie de leur faire lire ce que j'appelais mon « livre » et la réticence à leur infliger quelque chose de très cru et de très violent, surtout pour des parents. Après avoir réalisé que mon témoignage avait été repris dans *La Revue de presse* de France Inter, et après que plusieurs potes m'ont assuré : « On t'entend parler quand on te lit », je me suis dit que j'avais intérêt à les prévenir moi-même avant que l'un d'eux ne tombe dessus par hasard, et j'ai appelé un de mes frères.

Bon mec j'ai un truc à te dire. J'ai écrit un témoignage pour raconter l'histoire qui m'est arrivée l'an dernier, ça a été publié sur Slate avant-hier, et j'aimerais que tu le lises, et ensuite tu me dis si je peux le faire lire aux deux autres frère et sœur et aux parents.

Il m'a rappelée quelques heures plus tard, en me disant que c'était ouf et que les parents étaient grands, et que donc j'avais son feu vert pour leur envoyer.

Je l'ai aussi envoyé à mon autre frère et à une tante (celle à qui je m'étais confiée à l'île de Ré, quasiment deux ans plus tôt), j'avais donc trois feux verts.

Et puis j'ai repoussé le moment de leur annoncer, pendant quasiment un mois. À chaque fois que je les avais au téléphone, je me disais, c'est chaud, je ne peux pas leur faire lire ça, ça va être trop dur, j'ai un peu honte des détails crus, je vais leur créer une version censurée, ce sera mieux.

Et puis le soir de la fête des Pères, je les ai au téléphone, et mes deux frères sont avec eux. Et là, tout d'un coup, je me dis : OK c'est maintenant, mes deux frères sont là, donc si les parents sont choqués ils pourront discuter avec eux, c'est nickel, *GO*.

Je saute dans le vide. Je dis à toute vitesse un truc du style :

« Alors je voulais vous dire un truc, j'ai écrit un témoignage sur ce qui m'est arrivé, ça a été publié sur Slate, j'ai reçu plein de mails tous plus gentils les uns que les autres, et une maison d'édition m'a contactée pour en faire un livre. »

Mon père m'a à peine laissé le temps de finir ma phrase : « Tu sais qu'on écoute France Inter le matin ?

– …

– 5 h 45 du matin, je faisais ma petite gym au pied du lit, on a entendu *La Revue de presse*, Maman est tombée du lit, on s'est regardés, on a foncé sur l'ordinateur, on a trouvé ton texte et on a tout lu. On n'osait pas t'en parler au téléphone, on attendait de te voir en vrai. »

Pour la version censurée, comment vous dire, c'est loupé.

Je ne sais pas qui était le plus ahuri. Si c'étaient mes frères, de voir que les parents étaient tombés sur l'article tout seuls. Si c'était moi, de me dire que ça faisait déjà presque un mois que je n'osais pas leur annoncer, alors qu'il avaient tout lu depuis le lendemain de la publication, au réveil, avant même de prendre un café… Ça devait être la grosse ambiance au petit déj', quand j'y repense. Ou si c'étaient eux les plus ahuris, que je leur annonce ça au détour d'une conversation, trois semaines après la bataille.

Et puis j'ai lu attentivement tous les messages arrivés sur la boîte mail. J'ai vraiment eu la sensation d'avoir gagné cent soixante nouveaux copains d'un coup. Il y avait de tout. Des personnes qui ont vécu des histoires similaires, récemment ou pas. Qui ont porté plainte ou pas. Des personnes à qui il est arrivé des histoires très différentes mais tout aussi traumatisantes. Des personnes à qui il n'est rien arrivé mais qui ont été bouleversées. D'autres qui me donnent des conseils de livres à lire pour m'aider à tourner la page. Des jeunes, des moins jeunes, des parents qui me disent qu'ils feront lire mon texte à leurs enfants. Des médecins, des magistrats. Des voisins de Sydney qui me proposent d'aller prendre un café. Des pavés, quelques mots, ou des balbutiements.

Et c'était si bon de se sentir entourée, comprise, aimée.

La lecture de ces mails m'a non seulement fait un bien fou (et je remercie encore une fois chacune des personnes qui ont pris le temps de m'écrire), mais elle m'a aussi beaucoup appris et fait cogiter.

J'ai reçu un mail d'un jeune homme qui me racontait avoir été violé par une femme. Des mots simples, forts, pour me décrire à la fois son mal-être et le sentiment d'invisibilité et de solitude qu'il avait en tant que victime d'un viol commis par une femme sur un homme. Fervent défenseur des droits des femmes, il ne voulait surtout pas être accusé de « tirer la couverture » à lui. Il ne pouvait pas s'empêcher de se sentir très seul, comme oublié. Les hommes représentent 16 % des victimes de viol. Mais comme me l'écrivait très justement ce jeune homme, derrière ce chiffre, « il y a des gens brisés ». Le viol fout en l'air beaucoup plus de femmes que d'hommes, c'est un fait. Mais il les fout en l'air de la même façon. Ça rejoint ce que disait Philippe Courroye dans son réquisitoire lors du procès des flics de la BRI :

« Il n'y a pas de bonne ou mauvaise victime, il n'y a pas que les jeunes filles en fleurs qui mériteraient d'être reconnues

comme victimes. Il y a aussi celles qui par leur personnalité fragile constituent une proie. »

Et il y a aussi celles qui sont des hommes.

Un certain nombre de mails venaient de victimes d'agressions sexuelles ou de viols ayant eu lieu il y a plus ou moins longtemps. Dans la quasi-totalité des cas, au moment des faits, les victimes sous-estiment largement la gravité de ce qu'elles viennent de subir. Elles se disent que ça va aller, que c'est inutile d'aller porter plainte, qu'elles vont s'en sortir toutes seules. Elles font mine de continuer leur vie comme si de rien n'était. Quelques semaines, quelques mois, quelques années. Et puis le déni se fissure. Parmi tous les mails qui me relataient des faits d'agressions sexuelles ou de viols, il n'y en a pas un seul où la bombe posée au moment des faits n'explose pas. C'est mécanique, c'est automatique, c'est systématique. Comme une bombe à retardement avec un minutage inconnu.

Aujourd'hui, on estime que seuls 17 % des viols font l'objet d'un dépôt de plainte. Je ne pense pas que ce faible taux s'explique par un manque de courage ou de force de la part des victimes. Je pense qu'il s'explique par la nature même du viol. Premièrement, attention spoiler, il est tabou. Je ne m'étendrai pas sur cette caractéristique, tellement elle est évidente. On ne parle pas de viol à n'importe qui, n'importe comment. Oui, « la parole se libère », mais pas encore suffisamment pour éteindre totalement la honte, la souillure, la gêne que ressentent les victimes. C'est un crime silencieux, qui invite à se taire et reste complexe à aborder en société. D'où la réticence à saisir les forces de l'ordre.

Deuxièmement, attention deuxième spoiler, l'immense majorité des viols reste impunie. Pour prouver qu'il y a eu viol, il faut établir qu'il y a eu pénétration (relativement simple grâce aux analyses ADN, si elles ont lieu rapidement après l'agression) et que cette dernière a eu lieu en l'absence de consentement. Comme déjà pas mal évoqué, c'est pour prouver ce deuxième élément que les choses se compliquent, d'où un risque élevé d'être confronté à un procès « parole contre parole » et de voir son agresseur acquitté. Et mécaniquement, un sentiment d'impuissance néfaste au dépôt de plainte. À quoi bon, vu que j'ai 93 % de chances que ma plainte n'aboutisse pas ?

Troisièmement, si le viol peut laisser une blessure physique, il inflige surtout une blessure psychologique grave au plus profond de ses victimes. Pour citer Lise Poirier Courbet : *« Le viol est une sidération. C'est une effraction du corps qui touche directement au moi, une mise à mort identitaire. Le "je" est éclaté, morcelé*[1]. » Au-delà de leur existence même, le problème de ces dégâts psycho-

1. *Vivre après un viol, Chemins de reconstruction*, Lise Poirier Courbet, Érès, 2015.

logiques, c'est leur invisibilité, du point de vue de la victime. On ne se rend absolument pas compte que ce qui vient de nous arriver, c'est grave. Ce qui vient de nous arriver, ça n'est pas « juste » physique. Ça n'est pas « juste » un doigt, un sexe, un objet, qui nous a pénétrés sans notre autorisation. Ce qui vient de nous arriver, c'est psychologique, c'est mental, c'est moral. Quelqu'un nous a pris pour un objet, a nié notre identité. Quelqu'un a pris le pouvoir sur notre corps et notre esprit. Il arrive fréquemment que ces blessures psychologiques restent silencieuses de nombreux mois, voire de nombreuses années, avant de se réveiller, d'exploser et de prendre la place laissée vacante par les stratégies de déni ou de minimisation qui les ont précédées. Ces dégâts psychologiques « invisibles » dans un premier temps sont traîtres et dangereux, car ils laissent penser à la victime que ce qu'elle vient de vivre, au final, ça n'est pas si grave. Et que ça n'est peut-être pas la peine d'aller porter plainte pour si « peu ».

Le viol est donc sournois, perfide, manipulateur, silencieux, traître, fourbe. Pour le combattre, il ne nous faut pas uniquement du bon sens, du courage ou de la force. Il nous faut des automatismes et des réflexes. Il nous faut agir vite, voire immédiatement, et sans réfléchir. On aura tout le temps de réfléchir après avoir porté plainte.

Un de mes potes qui prépare une traversée de l'Atlantique à la voile en solo m'a dit un jour qu'avec son coach, ils avaient fait des exercices de visualisation de manœuvres en cas de gros pépin. Quand tu sais ce que tu dois faire, c'est bien, quand tu t'y prépares, c'est mieux, et quand tu visualises, c'est hyper-efficace.

Alors on va visualiser. Si demain vous vous faites violer, vous vous mettez en mode pilote automatique et vous allez chez les flics direct. Vraiment direct. Ne passez pas par la case départ, ne touchez pas 20 000 euros. On s'en fout que ce soit tabou, on s'en fout des statistiques flippantes et on s'en fout de la petite voix qui nous dit : « C'est pas si grave, rentre te doucher, ne dis rien, ça ira mieux demain. » Parce que c'est faux, et parce que vous êtes une machine de guerre.

Il est hors de question que vous taisiez ce qui vient de vous arriver. Hors de question que vous gardiez ce boulet pour vous, hors de question que le mec, ou la meuf, qui vous a fait ça s'en tire peinard et ne soit pas inquiété.

Vous avez honte ? Vous n'avez *pas* à avoir honte. Remettons le monde à l'endroit. Le droit est avec vous. Le mec (ou la meuf) qui vous a agressé a commis un crime, un crime sur votre personne. Vous ne vous tairez pas. C'est *normal* d'aller porter plainte.

Le danger serait de vous fier à votre état d'esprit juste après le viol. La réalité, c'est que vous venez de vivre quelque chose de grave, de traumatisant, et vous n'êtes pas dans votre état normal. Le ressenti, en revanche, est différent. Vous avez l'impression que ça ne va pas si mal que, finalement, un viol, contrairement à ce que tout le monde dit, ça n'est pas si grave. Ça n'a duré que quelques minutes, ça ne doit pas être bien compliqué de rayer ces quelques minutes de votre cerveau, et la vie va reprendre comme avant. La réalité, c'est que votre cerveau vous ment, pour vous protéger de la dureté de ce qui vient de se passer et endormir la douleur. La réalité, c'est qu'il vous faut aller chez les flics maintenant, ne pas attendre que vos blessures psychologiques se réveillent et que votre déni s'estompe, car alors il sera trop tard pour collecter des indices et donner une chance à votre plainte d'aboutir.

Moi-même, quand j'ai réalisé que je venais de me faire violer, je ne me suis pas dit : oh merde, je suis détruite. Je me suis dit : oh putain les gros bâtards. Je me suis dit : viol = #MeToo = articles = que faire = commissariat = vite vite = traces ADN. Je me suis dit : ces mecs sont des prédateurs et ils doivent être mis hors d'état de nuire. Je me suis dit : je ne vais pas me laisser faire, on va voir ce qu'on va voir. Je grossis le trait, évidemment que j'étais choquée, mais je suis allée au commissariat avant tout *parce que j'avais lu qu'il fallait aller au commissariat si ce genre de choses arrivait*, que c'était *imprimé* dans mon cerveau, et pas parce que j'en ressentais expressément le besoin. Les dégâts psychologiques sont arrivés bien plus tard. Et lorsqu'ils ont fait leur apparition, c'est là que j'ai compris que d'avoir porté plainte allait m'aider à me reconstruire. Voire me sauver.

L'expression « aller porter plainte » sonne comme quelque chose de glauque et de sordide. Forcément, ça l'est. Et forcément, ça risque de ne pas être super marrant. 65 % des femmes victimes de viol n'ayant pas porté plainte expliquent qu'elles n'y sont pas allées par « crainte de vivre de nouvelles épreuves[1] ». Mais au-delà du lugubre, cette étape est la première de votre reconstruction. En racontant votre histoire, vous allez pouvoir vous délester (pas entièrement, mais en partie) du boulet qu'on a mis en vous et qui est beaucoup, beaucoup, beaucoup trop lourd, difficile et dangereux à porter tout seul.

En vous rendant au commissariat immédiatement, vous serez capable de raconter les faits de manière précise et vous serez envoyé à l'hôpital pour faire des prélèvements ADN. Ces deux éléments sont essentiels pour la constitution d'un dossier solide qui ait une chance d'aboutir à un procès puis à une condamnation.

Ce dépôt de plainte, vous le faites pour vous. Mais vous le faites aussi pour la société. Pour dénoncer un crime. Pour briser la loi du silence et vaincre l'impunité. Parce que votre agresseur mérite d'être jugé et puni. Parce que « le viol est le crime le plus répandu en France, mais reste également le plus impuni[2] ». Et que ça va deux secondes.

---

1. La lettre de l'Observatoire national des violences faites aux femmes, n° 16, novembre 2020.
2. « Les violences sexuelles touchent plusieurs millions de femmes en France », Gary Dagorn, lemonde.fr, 18 octobre 2017.

Je sais que ça n'est pas évident (c'est un euphémisme). Qu'aller porter plainte, même dans un monde idéal, c'est difficile. Et dans un monde pas idéal (le nôtre, par exemple), c'est prendre le risque de se retrouver face à des flics pas sympas, pas empathiques, pas compétents, pas à l'écoute. De devoir répondre à des questions débiles et culpabilisantes, 100 % hors sujet, à propos de la tenue portée ou de l'alcool ingéré. J'ai lu plein de témoignages à ce sujet, où le passage au commissariat ressemble à un calvaire. Et c'est une honte. Une honte. Mais si on veut vaincre le fléau du viol, et surtout l'impunité qui va avec, alors concrètement on n'a pas d'autre choix que de s'y attaquer sur le terrain de la justice. Plus on sera nombreux à porter plainte dans la foulée du viol, plus les dossiers seront solides, plus les flics seront habitués et formés à ce genre de cas, et plus on réussira à faire condamner les agresseurs. Vous voulez des dossiers et des preuves en béton armé, OK bougez pas, on arrive, on connaît nos droits et on vous laisse pas le choix.

Dites-vous bien une chose, c'est qu'aller porter plainte, ce ne sera jamais vain. Vous aurez beau avoir été mal reçu, mal écouté, incompris, votre plainte aura beau avoir été classée sans suite, passer la porte du commissariat, c'est faire avancer la cause de toutes les victimes de viol. C'est miser sur le futur. Se dire que ce coup-là, ça ne marchera peut-être pas pour vous. Mais ça marchera peut-être pour les prochains. Ça n'est pas seulement symbolique. On part de tellement loin que chaque nouvelle plainte est une nouvelle occasion pour les flics, les commissariats, les juges, de mieux comprendre la complexité de ce crime et de préparer le terrain pour les victimes de demain.

Dans *King Kong Théorie*, Virginie Despentes écrit : *« Le jour où les mecs auront peur de se faire lacérer la bite à coups de cutter quand ils serrent une fille de force, ils sauront brusquement mieux contrôler leurs pulsions "masculines" et comprendre ce que "non" veut dire*[1] ». Je suis d'accord, sauf que perso ça me fait un peu flipper de lacérer une bite à coups de cutter et que de manière générale je suis plutôt contre la violence. Mais je pense qu'on atteindra peu ou prou le même but *« le jour où »* les violeurs auront vraiment peur de finir en taule. *« Le jour où »* 95 % des victimes de viol ou de tentative de viol iront porter plainte (versus 17 % aujourd'hui), et que parmi ces plaintes, 95 % déboucheront sur une condamnation aux assises (versus 7 % aujourd'hui). Je sais, c'est un objectif que l'on peut qualifier d'utopiste. Les choses se font à fond ou ne se font pas. *« Le jour où »* faire condamner son violeur ou sa violeuse, ce sera tout simplement normal, et pas exceptionnel.

Allez, on va quand même essayer de regarder le verre au dixième plein et pas au neuf dixièmes vide. La bonne

1. *King Kong Théorie*, Virginie Despentes, Grasset, 2006.

nouvelle, c'est que les choses ont l'air d'évoluer dans le bon sens, à la fois en termes de nombre de viols « déclarés » mais aussi en termes d'accueil et de prise en charge des victimes. La bombe #MeToo a permis une nette augmentation du nombre de viols et d'agressions sexuelles portés à la connaissance des forces de l'ordre. Pour les viols : +13 % de viols enregistrés en 2017, +18 % en 2018, +19 % en 2019 et +12 % en 2020. On note en outre une évolution positive dans l'accueil des victimes par les services de police ou de gendarmerie, le rapport *Insécurité et Délinquance en 2019* pointant une amélioration du ressenti des victimes en matière de conseils donnés, qui se traduit par une hausse de 20 points en moyenne entre la période 2015-2017 et la période 2018-2019[1].

Bref. Si demain ça vous arrive, vous ne réfléchissez pas une seule seconde. Chez les flics, direct.

1. *Insécurité et Délinquance 2019 : bilan statistique.* Service statistique ministériel de la sécurité intérieure (SSMSI). Septembre 2020.

11

Novembre 2020

Ça fait quelques temps que j'ai des espèces d'accès de panique quand je suis toute seule chez moi le soir. Je vérifie frénétiquement que la porte d'entrée est bien fermée à double tour, je verrouille la porte de ma chambre au moment de me coucher. Chaque bruit me semble suspect et me met sous tension. Quand je me réveille la nuit, j'ai souvent l'impression d'entendre un moteur de voiture ronronner.

Comme une menace qui plane sur moi. Je sais très bien ce qu'il se passe dans ma tête. Le Mexicain va être libéré en décembre, d'ici quelques semaines. J'ai reçu des mails de l'administration australienne me prévenant qu'il avait fait une demande de libération anticipée à cause de « circonstances exceptionnelles » (on ne m'a pas donné plus de détails) et que cette demande avait été rejetée. La date de libération est gravée dans mon cerveau, c'est le 5 décembre.

Il va être libéré, me traquer, me retrouver et se venger. C'est ce qu'il se passe dans les mafias mexicaines non ? Je sais, c'est totalement irrationnel. Bien sûr que non, il ne va pas faire ça. Déjà, s'il voulait vraiment se venger, il n'aurait pas eu besoin d'attendre de sortir de prison, il aurait commandité un bandit qui serait direct venu me découper en petites lamelles ou me tirer une balle entre les deux yeux.

N'empêche. Quand je me couche et que je suis toute seule chez moi, je flippe. Et ça, c'est nouveau.

8 décembre 2020

Ce matin, j'ai reçu un mail de la *Victims Support Officer* :

Hello Jeanne,

I am just wanting to confirm with you that the offender has been released from custody. Please don't hesitate to contact me if you would like any further information.

Regards

« Bonjour Jeanne,

Je vous écris juste pour vous confirmer que le coupable a été remis en liberté. N'hésitez pas à me contacter si vous souhaitez des informations supplémentaires.

Cordialement. »

Voilà, c'est fait. Deux phrases pour m'informer que le Mexicain a été libéré. La situation est en quelque sorte revenue à la « normale », comme avant la nuit du viol. Il est libre, il va retourner au Mexique et continuer sa vie. Et moi, je suis reconstruite, ou tout du moins j'en ai l'impression. Reconstruite, mais plus exactement la même. Ou plus la même tout court, j'sais pas.

Il s'est passé 441 jours entre la nuit du viol et le jour où le Mexicain a été reconnu coupable. Et s'en sont ensuivis 543 jours de prison. Total, 984 jours. (Déformation professionnelle, j'adore les chiffres.)

Si chaque jour était une page, alors peut-être suis-je enfin arrivée à la fin du bouquin.

J'ai l'impression qu'on ne finit jamais de tourner la page, de clore le chapitre. Il y a toujours une étape qu'on n'a pas anticipée. C'est comme un chagrin d'amour, t'as l'impression que c'est fini et puis tu te prends des petits *reminders*. L'explosion du déni, l'annonce à ta famille, le premier « anniversaire » du viol, les amitiés qui ne tiennent pas le choc, les coups de téléphone avec Ben et Adam, le procès, le mail qui t'informe de la sentence, celui qui t'informe qu'il a fait une demande de libération anticipée, et enfin celui qui t'informe qu'il a été libéré.

Sur ce chemin escarpé et un peu casse-gueule, il y a aussi des moments cool. Se rendre compte que t'as des potes en or massif qui posent des jours pour t'accompagner au procès. Sentir le poids du stress et de la culpabilité s'envoler progressivement de tes épaules, une fois le Mexicain condamné. Apprendre que ton témoignage va être publié sur Slate. Réaliser que les boules de pétanque qui te faisaient mal à la gorge, et bah elles ont disparu. Comprendre ce que les mots « bienveillance » et « amour du prochain » veulent dire, en lisant les mails géniaux de parfaits inconnus. Écrire un livre. Espérer qu'il soit utile.

Aujourd'hui, que me reste-t-il de cette nuit du 29 au 30 mars 2018 ? Quelques angoisses quand je suis toute seule chez moi le soir. Le contentement de me dire que c'est fini, vraiment. Un radar hyper-sensible dès que j'entends parler de violences sexuelles. Que ce soit dans des conversations, au bureau, dans des dîners, en lisant les nouvelles ou en écoutant la radio. J'ai comme des antennes qui se dressent malgré moi, je ne peux pas ne pas écouter, ne pas m'intéresser, ne pas me concentrer sur ces sujets, ne pas m'indigner face à une décision injuste ou à une défense abjecte, ne pas m'emporter quand j'entends dire n'importe quoi, empêcher les larmes de déborder, parfois. C'est fini, mais c'est inscrit au fond de moi.

Remerciements

Merci à Daniela, la flic qui a pris ma déposition quand je suis arrivée au commissariat à 4 heures du matin.

Merci à l'assistante sociale et à la femme médecin qui se sont levées au milieu de la nuit pour venir m'ausculter à l'hôpital et s'occuper de moi.

Merci à Coco de m'avoir ramassée en mille morceaux au matin du 30 mars 2018.

Merci à Ben et James d'avoir arrêté le Mexicain le lendemain matin, d'avoir monté un dossier solide, répondu à toutes mes questions et d'avoir été présents pour moi jusqu'au procès.

Merci à Adam et Kim d'avoir préparé ma défense et répondu à toutes mes (autres) questions.

Merci à Paulo de t'être foutu sur mon chemin quelques jours plus tard, de m'avoir fait rigoler comme jamais et de m'avoir fait totalement oublier les Mexicains l'espace de quelques semaines. J'ai presque envie de te dire que t'es le roi du timing et le meilleur des paratonnerres.

Merci à Imogen de m'avoir aidée avec douceur et gentillesse dans les démarches administratives et logistiques.

Merci à Jack de nous avoir si bien défendues, la société et moi-même. Merci pour cette plaidoirie dont je me souviendrai toute ma vie.

Merci à tous mes potes, de Sydney, de Paris et d'ailleurs, qui m'ont soutenue et surtout supportée, au bord de l'explosion, en attendant le procès.

Merci à ma famille, pour le soutien sans faille.

Merci à ma garde rapprochée de compète, Charlotte, Héloïse, Félicie, Gabbi, Jade, Juliette et Baptiste, qui sont venus à un moment ou à un autre (voire tout le temps, merci les *sicky*) au tribunal. Merci de ne pas m'avoir lâchée d'une semelle pendant ces trois jours. Merci pour vos smiles, votre peps, vos encouragements (silencieux ou sonores), vos regards qui disent tout, vos bras qui font des câlins, vos mains qui serrent les miennes, vos rires qui changent la gueule de la journée et la mienne au passage, vos larmes d'émotion et d'empathie. Bref, merci pour la mobilisation générale. Sans vous je me serais enfuie vingt fois.

Merci à Titiou Lecoq, pour ta réponse enthousiaste lorsque je t'ai envoyé un premier jet de ce récit. Merci d'avoir fait le lien avec Slate. Merci de me permettre de transformer cette merde qui m'est tombée dessus en quelque chose d'à peu près positif. Et de manière générale, merci d'écrire autant d'articles sur les agressions sexuelles et d'en relayer tout autant. C'est entre autres parce que j'aime te lire que j'ai su quoi faire la nuit du 30 mars 2018.

Merci à Lola et Sandrine d'avoir cru que ce témoignage valait le coup de devenir un bouquin et de m'avoir embarquée dans votre tourbillon Les Avrils.

Merci aux quasi deux cents inconnus qui m'ont envoyé des mails à la suite de la publication de ce récit sur Slate. Un vrai tsunami d'amour. Je les relis de temps en temps, ils m'émeuvent. Me bouleversent. Me portent. Me font sourire. Me donnent la pêche.

zerovirguleneufpourcent@gmail.com

Les Avrils, une collection imaginée par
Sandrine Thévenet et Lola Nicolle.

Enthousiasmes littéraires

Conception graphique : Atelier 25.
Composition : Nord Compo.
Correction : Sarah Détré et Sophie Loubier.

Achevé d'imprimer en France par l'imprimerie Aubin, à Ligugé.
ISBN : 978-2-491521-70-7
N° d'impression : 2104.0339
Dépôt légal : octobre 2021